MARIE CORDONNIER

DIE GEFÄHRLICHE LADY

ROMAN

W0355899

Bechtermünz Verlag

Genehmigte Lizenzausgabe für
Weltbild Verlag GmbH, Augsburg 1997
© 1992 by Wilhelm Heyne Verlag GmbH & Co. KG, München
Umschlaggestaltung: imago Grafikdesign, Ettlingen
Umschlagmotiv: Gorden Johnson/Agentur Thomas Schlück, Garbsen
Hintergrundfond: „Dunkelrote Rosenblüten" /
Bavaria Bildagentur, Gauting
Gesamtherstellung: Presse-Druck Augsburg
Printed in Germany
ISBN 3-86047-536-3

London – 27. November 1821

Rowland Epworth war nach außen hin die Ruhe in Person. Die stämmigen Beine in den dunkelblauen Pantalons weit von sich gestreckt und den massigen Oberkörper in einen Hausmantel aus rubinrotem italienischem Samt gehüllt, saß er auf seinem Lieblingsplatz vor dem Kamin im Salon und las die Times. Von Zeit zu Zeit füllte er das Glas auf dem Tischchen neben sich aus der Brandy-Karaffe nach. Abgesehen vom Umblättern der Zeitungsseiten, war dies die einzige Bewegung, die seine statuarische Gelassenheit für kurze Augenblicke störte.

Nicht einmal Mistreß Peacock, die Köchin, die sonst für ihn durchs Feuer gegangen wäre, begriff diesen geradezu herausfordernden Gleichmut.

»Kann ein Mann, der auch nur ein Quentchen Herz besitzt, so ungerührt die Parlamentsberichte lesen, während seine arme Gattin sich quält?« beschwerte sie sich bei Mister Stonehall, dem Butler.

»Was sollte er Ihrer Meinung nach tun, meine Liebe?« gab dieser mit seiner gewohnten Arroganz zurück. »Sich betrinken? Die Hände ringen? Die Hebamme stören? Den Arzt aufhalten? Das Kinderkriegen ist nun einmal Frauensache, das steht seit Eva fest.«

»Wahrhaftig, soviel Weisheit hätte ich Euch nicht zugetraut.« Mistreß Peacock troff vor spöttischer Liebenswürdigkeit, und die beiden Küchenmädchen, die Zeugen dieser zufälligen Auseinandersetzung wurden, warfen sich einen versteckten, vielsagenden Blick zu. Der Kampf um die absolute Herrschaft im Hause Epworth fand zwischen der Köchin und dem Butler statt. Heute schien sich die Waagschale eher zugunsten der erbosten Kochkünstlerin zu neigen. Sie deutete mit dem Daumen nach oben, und ihr rundes, rötliches Gesicht wurde eine Schattierung dunkler. »Aber ich möchte wetten, daß es eine Menge weniger Kinder auf der Welt gäbe, müßte sich das Männervolk damit herumplagen, die armen Würmer zu gebären, Mister Stonehall!«

Ehe der Butler eine passende Antwort auf diese wahrhaft respektlose Bemerkung fand, teilte sich die Unruhe in den oberen Räumen des Hauses auch dem Souterrain mit. Ihren Streit vergessend, tauschten sie einen besorgten Blick und wandten sich beide gleichzeitig der Tür zu.

Auch Rowland Epworth ließ die Times sinken und damit gleichermaßen den Leitartikel, der sich mit der Lage der Industriearbeiter in Sheffield beschäftigte, und den er nun zum fünften Male gelesen hatte, ohne seinen Sinn aufzunehmen.

Mit einer Behendigkeit, welche die Fülle seiner gedrungenen Figur Lügen strafte, war er am Fuß der Treppe angelangt, noch ehe Dr. John Mayall die letzte Stufe erreicht hatte. Der Arzt sah müde aus, und die Falten auf seiner Stirn schienen sich in den letzten Stunden vertieft und vervielfacht zu haben.

»Gratuliere, Sir! Sie haben eine wunderschöne, gesunde Tochter!« Die Erschöpfung in seiner Stimme paßte nur schlecht zu der freudigen Nachricht. Epworth begriff.

»Und meine Frau?«

»Sie verlangt nach Ihnen, Sir. Es, es wäre besser, wenn Sie sich beeilen...«

Er hatte es geahnt, gefürchtet. Es war alles umsonst gewesen. Seine ganze Kraft, seine übergroße Liebe, nicht einmal sein Geld, das er in so enormen Maß besaß, waren fähig gewesen, Susannah Vergessen zu schenken. Dr. Mayall hatte ihn gewarnt. Weder ihre Gesundheit, noch ihre körperliche Konstitution hatten eine leichte Geburt versprochen. Daß sie ihren Willen durchgesetzt hatte und dieses Kind überhaupt bekam, war ein Fehler, ein riesiger, verhängnisvoller, tödlicher Fehler gewesen!

Die schmale durchsichtig blasse Gestalt der jungen Mutter verlor sich förmlich zwischen den geschnitzten Pfosten des mächtigen Bettes. Der zarte Alabasterton ihrer Haut hob sich wenig von der weißen Seide der Kissen ab, sogar der weiche Schwung ihrer Lippen war blutlos und fahl. Die feurigen Mahagonireflexe ihres dunklen Haares schienen erloschen, nur in den suchenden, hellen Augen, die unruhig hin- und herwanderten, glühte noch Leben. Als sie auf Rowland Epworth fielen, verharrten sie. Ein tiefer Seufzer weitete die schmale Brust der Sterbenden, als er langsam näherkam und neben ihrem Lager auf die Knie sank.

»Es – tut mir leid, Rowland – es – es ist nicht der Sohn, den du dir heimlich gewünscht hast...«, hauchte sie mit versagender Stimme. »Ich wollte dir so gerne wenigstens diesen Gefallen tun...«

Sie hob mühsam eine Hand und berührte mit kühlen Fingern das kantige Männergesicht, das von einer viel zu großen Nase beherrscht wurde, die unter der breiten Stirn mit dem schütteren Haaransatz wie ein Erker hervorsprang. Ein schroffes Gesicht, das indes seinen eigenen Charme gewann, wenn wie jetzt verzweifelte Liebe und übergroße Sorge in den grauen, düsteren Augen standen.

»Alles was ich mir vom Leben wünsche, bist du...«

Das heisere Geständnis zauberte den Abglanz eines fernen Lächelns in die zitternden Mundwinkel Susannahs.

»Ich habe es nicht verdient – verzeih mir Rowland!«

Und dann so laut, daß er zusammenfuhr: »Rupert! Oh Rupert!«

Durch die eiskalten Fingerspitzen, die er schützend zwischen seinen Händen barg, ging ein unmerklicher Ruck, dann entspannte sie sich. Susannah Epworth Lider sanken herab, sie hatte die Geburt ihrer Tochter nicht überlebt.

Als hätte das kleine, eben erst zur Welt gekommene Geschöpf diesen Verlust bereits gespürt, begann es im selben Augenblick bitterlich zu weinen. Das fremdartige, schrille Geräusch drang durch den Nebel aus Haß und Trauer, der sich erstickend über seinen Vater gesenkt hatte.

Vorsichtig, als wäre sie aus venezianischem Kristall, legte er die leblose Rechte der Toten auf ihre Linke und faltete beide Hände über ihrer Brust. Dann wandte er sich um und betrachtete das geschnürte Bündel, das ihm die Hebamme tröstend entgegenhielt. Bis zum Kinn in feinstes Leinen gehüllt, das kahle Köpfchen mit einer Spitzenhaube bedeckt, sah er indes nur ein trauriges, rotes, verzerrtes Harlekingesicht, dessen weit aufgerissener zahnloser Mund eher einem zornigen Greis zu gehören schien.

»Sie ist gesund Sir, und prachtvoll gewachsen. Ein großes Mädchen!« Rowland Epworth kam es vor, als wolle ihm die Hebamme die eigene Tochter schmackhaft machen wie eine Ware, deren offensichtliche Mängel man mit fadenscheinigen Argumenten wegzudiskutieren versucht.

Als Kaufmann wußte er um derlei Tricks Bescheid. Und wenn es auch das erste Mal war, daß er Vater wurde, daß Susannahs und seine Tochter von ausgesuchter Häßlichkeit war, konnte nicht einmal ihm entgehen. Aber vielleicht war das gut so. Vielleicht sogar sehr gut.

Er war versucht, der Kleinen über die Wange zu streichen, aber ehe er sie erreicht hatte, packte eine fuchtelnde Babyhand seinen ausgestreckten Finger und hielt ihn mit überraschender Energie fest.

»Bewahr sie dir, diese Kraft«, murmelte er heiser. »Du wirst sie brauchen können, denn du mußt deine Mutter rächen, Lady Wintash!«

»Sir?« Die Geburtshelferin beugte sich neugierig vor. »Wie, sagten Sie, soll das Mädchen getauft werden?«

»Ich sagte gar nichts. Kümmern Sie sich lieber um eine Amme für das Kind", wies er sie barsch zurecht. »Nachdem der Himmel es so eilig hatte, seine Mutter abzuberufen, wird er sich mit der Taufe noch gedulden müssen. Und jetzt lassen Sie mich allein mit meiner Frau...«

Er bewahrte seine Haltung, bis dieser Befehl erfüllt war, dann wandte er sich wieder der Toten zu und gestattete sich endlich, den Schmerz zu fühlen, der ihm fast den Atem nahm.

Der Friede, der nun von ihr ausging, hatte die tiefen Linien des Schmerzes in ihren Mundwinkeln gemildert. Jetzt glich sie wieder der schönen jungen Frau, die sie einmal gewesen sein mußte. Vor langer Zeit, ehe sie von einem gewissenlosen Schurken zerstört worden war. Einem Schurken, den sie im Grunde ihres Herzens trotz allem noch immer geliebt hatte. Welches Beweises bedurfte es noch dafür, da sie mit seinem verfluchten Namen auf den Lippen gestorben war?

Rupert Croyde, der 10. Earl of Wintash, verheiratet mit der bezaubernden Lady Amanda. Ein gewissenloser Schurke, ein Spieler, ein Lügner! Dieser Mann trug die Schuld daran, daß Susannah ihr Lachen und ihre Lebensfreude verloren hatte. Er würde dafür bezahlen müssen! Jede Träne, jeden Schmerz, jeden einzelnen, verzweifelten Seufzer...

»Ich werde dich rächen, Susannah! Ich schwöre es dir!

Ich werde ihn und die Seinen demütigen, schlimmer, als er es mit dir getan hat, und unsere Tochter wird mein Werkzeug dafür sein!«

1. Kapitel

»Und so frage ich dich, Leonor Elizabeth Prudence Epworth, im Namen des Herrn, willst du diesen Mann zu deinem rechtmäßigen Ehegatten nehmen?«

Im Bruchteil einer Sekunde schoß es Leonor durch den Kopf, daß dies das erste Mal in der ganzen Heiratsangelegenheit war, daß sie tatsächlich jemand um ihre Meinung dazu befragte.

Niemand hatte sich bisher dieser Mühe unterzogen. Weder ihr Vater, noch ihr künftiger Ehemann. Nicht, daß sie auch nur den Hauch einer Chance gehabt hätte, diese Verbindung abzulehnen. Es war lediglich ein Rest kindlichen Aufbegehrens, das sie wünschen ließ, sie wäre an diesem Tag in der Schloßkapelle von Wintash wenigstens willkommen, ja sogar erwünscht gewesen.

»Es würde die Zeremonie verkürzen, wenn du dem Pfarrer jetzt antwortest, meine Liebe!«

Eine unverzügliche Ermahnung, die jedoch nicht von ihrem ungeduldigen Bräutigam ausgesprochen wurde, sondern von ihrem Vater. Rowland Epworth stand neben ihr und kämpfte plötzlich mit dem unbehaglichen Empfinden, Leonor würde im letzten Moment seine sorgfältig ausgearbeiteten Pläne scheitern lassen. Ein merkwürdiger Verdacht, denn in den bisherigen zwanzig Jahren ihres Lebens war Leonor eine so gehorsame, stille und zurückhaltende Tochter gewesen, daß ihn niemals auch nur der kleinste Zweifel an ihrer Fügsamkeit beschlichen hatte.

»Ich will!« flüsterte jetzt endlich die Braut mit kaum hörbarer Stimme. Der Geistliche nickte befriedigt und wandte seine Aufmerksamkeit dem Bräutigam zu.

»Und so frage ich auch dich, Gervais Rupert James Peregrine Croyde, willst du dieses Mädchen zu deiner rechtmäßigen Gattin nehmen und es lieben und ehren, bis daß der Tod euch scheidet?«

»Ja, ich will!«

War das alles, damit die Ehe Gültigkeit hatte? Zwei wildfremde Menschen, die im Angesicht des Pfarrers »Ich will« sagten? Genügte das, um von der schlichten Tochter eines Londoner Kaufmannes zur noblen Lady Wintash zu werden?

Leonor blinzelte durch den dichten Schleier. Weniger weil sie zu Tränen gerührt war, als wegen der üppigen Spitzenfalten, die von dem juwelenbesetzten Diadem auf ihrem Kopf herabrieselten. Sie verwehrten ihr die Sicht auf das Antlitz ihres Gatten. Sie sah nur die Hand, die von der Seite kam und nach der ihren griff, um den schweren Goldreif über den Mittelfinger zu streifen.

Eine sehnige, braune Männerhand. Kräftig und zugleich schmal und edel. Eine Hand für ein Schwert, einen Degen. Sie fühlte ihre Berührung kaum, aber um so mehr das Gewicht des breiten, ziselierten Ringes. Schwer und klobig stach er an ihrer kleinen runden Hand ins Auge. Heidnisch fast, in seiner großen Pracht.

Später sollte sie erfahren, daß dieses Schmuckstück zu den kostbarsten Erbstücken der Wintash gehörte. Angeblich war es dem ersten urkundlich bekannten Wintash von Wilhelm dem Eroberer für seine tapferen Dienste in der Schlacht von Hastings verliehen worden.

Sie zwang sich, auf die weitere Ansprache zu hören, in der Gott um seinen Segen für das neu vermählte Paar gebeten wurde, und faltete die Hände mit dem ungewöhnlichen Ehereif. Obwohl nach außen hin ein Bild der innigsten Frömmigkeit, machten sich ihre rebellischen Gedanken erneut selbständig.

Wie typisch von Papa, ihr sogar bei ihrer Hochzeit zu

befehlen, wann sie den Mund aufzumachen hatte. Für ihn waren diese Minuten vor dem Altar die Krönung langjährigen Ehrgeizes. Für Leonor nur das Ergebnis unermüdlicher Arbeit. Rückblickend hatte in ihrem Leben eine Gouvernante und Lehrerin der anderen die Tür ihres Elternhauses in die Hand gegeben. Vom ersten Begreifen ihres Lebens an, war sie auf die Aufgaben als künftige Lady Wintash vorbereitet worden.

Nein, das war falsch. Daß es Gervais Croyde sein würde, der dieses Musterexemplar einer umfassend gebildeten, häuslichen, jungen Frau heimführte, wußte sie selbst erst seit wenigen Tagen. Bis dahin war nur von den selbstverständlichen Dingen die Rede gewesen, die für jedes junge Mädchen unerläßlich waren, das einmal seinem eigenen Haushalt vorstehen sollte.

So hatte sie denn gehorsam Französisch und Italienisch gelernt, sich bei Klavier- und Zeichenstunden gelangweilt und bei Geographie und Mathematik interessierter gelauscht. Nicht ohne Erfolg. Heute konnte sie sich mit den ausländischen Kunden ihres Vaters unterhalten, die komplizierten Zahlen einer Bilanz begreifen und vom intimen Diner bis zum großen Ball so gut wie jede Festlichkeit organisieren.

Theoretisch, wohlgemerkt. Denn weder hatte ihr Vater jemals Kunden in das Haus am Kensington Square mitgebracht, noch hätte sich die tüchtige Mistreß Peacock jemals die Zügel des großen Haushaltes aus der Hand nehmen lassen. Zudem wäre sie in Wirklichkeit viel zu befangen gewesen, um mit einem Menschen zu sprechen, den sie nicht kannte. Weder in ihrer Muttersprache, noch in den angelernten Idiomen fand sie dafür Worte. Aufregung machte sie schüchtern, brachte sie gar ins Stottern. Das Harmonium setzte ein, und die Stimmen der Hochzeitsgäste vereinten sich zu einem Choral. Die Schloßkapelle von Wintash war gnädigerweise ziemlich klein, so daß sie von den wenigen Familienangehörigen, Bediensteten und neugierigen Dorfbewohnern gefüllt werden konnte, die diesem feierlichen Ereignis, der Eheschließung des 11. Earls, beiwohnten.

Eine energische Hand an ihrem Ellbogen half ihr, sich aus der knieenden Stellung aufzurichten. Das leise, aber unverkennbare Geräusch einer reißenden Naht hätte sie fast wieder auf den gepolsterten Hocker sinken lassen. Herr im Himmel, auch das noch! Hoffentlich war das Malheur wenigstens an einer Stelle passiert, wo es nicht gleich jemandem ins Auge stach. Aber sie hatte gleich so ein ungutes Gefühl gehabt, als ihr das Mädchen, das ihr im Schloß als Zofe diente, an diesem Morgen in das Gewand half. Seit es von der Londoner Schneiderei geliefert worden war, hatte sie viel zu oft hungrig in die großen Pralinenschachteln und Bonbondosen gegriffen, die zu Hause überall für sie bereit standen. Der Geschmack des süßen Zuckers auf ihrer Zunge beruhigte sie seit jeher.

Den Blick angestrengt auf den roten Teppich gerichtet, der den Gang der Schloßkapelle bedeckte und auf den die Wiesenblumen regneten, welche die Dorfkinder über sie warfen, schritt sie an der Seite ihres Gatten hinaus. Sie hätte wahrhaftig einiges darum gegeben, die folgenden Gratulationen bereits hinter sich zu haben.

Aber niemand kümmerte sich um ihre Wünsche, ja es hätte die neue Lady Wintash sogar äußerst verwundert, wenn das der Fall gewesen wäre. Von Kind auf daran gewöhnt, einem strengen, despotischen Vater über jede Sekunde des Tages Rechenschaft abzulegen, hatte sie vom ersten eigenständigen Gedanken an gelernt, daß ihre Pflicht darin bestand, zu gehorchen und zu arbeiten.

Sie hatte sie erfüllt, alle diese an sie gestellten Anforderungen, bis hin zu einem Eheschwur mit einem wildfremden, schweigsamen, stolzen Adeligen, der sie nun in die große Halle von Wintash führte, wo das glanzvolle Hochzeitsmahl auf sie wartete.

Trotzdem hatte sie Mühe, einen erneuten Anflug von Panik zu unterdrücken. Ausgerechnet an ihrem Hochzeitstag von einem so alltäglichen und mißliebigen Ungeschick wie einer platzenden Naht heimgesucht zu werden, machte sie noch nervöser, als sie es ohnehin schon war.

Gervais Croyde, der 11. Earl of Wintash, hatte zwar das verräterische Geräusch des reißenden Stoffes nicht gehört, aber die merkliche Unruhe seiner soeben angetrauten Gattin fühlte er deutlich. Er warf einen schnellen Blick auf die in cremefarbene Seide und kostbare Spitzen gehüllte Gestalt. Ihr perlenbestickter Rock war eine gewaltig gewölbte Kuppel, und der Wert des dicht gefältelten französischen Spitzenschleiers, der vom Diadem bis zur Schleppe fiel, reichte vermutlich problemlos aus, um eines der Pachtdörfer von Wintash einen Winter lang zu ernähren.

Aber was hatte er von der Tochter eines Kaufmannes anderes erwarten können, als plumpe Zurschaustellung des väterlichen Reichtums? Ja, er hatte überdies Mühe, zwischen all den Stickereien, dem Gefunkel und den hochmodischen Rüschen jene kleine, rundliche, völlig reiz- und farblose Person zu entdecken, die vorgestern von ihrem Vater wie ein Bündel bestelltes Handelsgut in Cornwall abgeliefert worden war. In der Tat ein Mädchen, nach dem sich kein Mann ein zweites Mal umdrehen würde. Und schon gar nicht seine Lordschaft, der Earl of Wintash.

Nicht ahnend, daß sie der Gegenstand seiner Gedanken war, beschäftigte sich auch Leonor mit Lord Wintash. Sie hatte nicht den Mut besessen, ihrem Vater zu widersprechen, als er sie von der bevorstehenden Eheschließung informierte. Aber realistisch, wie sie sich selbst einschätzte, hatte sie erwartet, einem Mann angetraut zu werden, dessen äußere Erscheinung und Alter ihn für eine Braut aus seinen eigenen Kreisen offensichtlich nicht mehr akzeptabel machten.

Keine Bemerkung Rowland Epworth hatte sie auch nur im Entferntesten darauf vorbereitet, daß Lord Wintash durchaus noch im Vollbesitz seiner körperlichen Kräfte war und eben erst das einunddreißigste Lebensjahr begonnen hatte.

Ganz davon abgesehen, daß er aufs Haar jenen ritterlichen Helden glich, welche die Romane bevölkerten, die sie heimlich las, wenn niemand die Auswahl kontrollierte, die sie in der Leihbibliothek traf.

Einen guten Kopf größer als ihr Vater, hatte er ebenso breite Schultern wie dieser. Seine schlanke Figur indes verjüngte sich zur Taille hin, und die eng anliegenden Pantalons, die er zum tiefschwarzen Frack trug, zeichneten sportlich muskulöse Männerbeine nach.

Miß Mcintosh, ihre nun nutzlos gewordene Gouvernante, würde sie zwar darauf hinweisen, daß eine Lady Männerbeine nicht zur Kenntnis nahm, aber Leonor war es gewöhnt, eine Bilanz gründlich zu machen, wenn sie dieselbe schon einmal in Angriff nah. Neben seiner beeindruckenden Figur war es jedoch der dunkelhaarige Kopf mit den intensiv blauen Augen, der durch ihre Gedanken spukte, seit sie ihn zum ersten Mal erblickt hatte. Von schwarzen Brauen beschattet, standen Letztere in einem markanten Gesicht, dessen edle Züge so ungerührt und beherrscht waren, daß sich die junge Frau an eine Marmorstatue erinnert fühlte. An einen griechischen Gott, dem sich ihr schönheits- und liebebedürftiges Herz beim ersten Beben zugewandt hatte. Womit hatte sie diese unverhoffte Gunst des Schicksals verdient?

»Meinen allerherzlichsten Glückwunsch, Lady Wintash! Erlaubst du trotzdem, daß ich dich auch weiterhin ganz einfach Leonor nenne, wenngleich mir Mama natürlich eingeschärft hat, daß ich dich mit ausgesuchter Höflichkeit zu behandeln habe!«

Der junge Mann, der Leonor aus ihren Träumen riß, war Fennimore Croyde, der Viscount Feversham. Siebzehn Jahre alt und ebenso offen, strahlend und charmant, wie sein Stiefbruder Gervais verschlossen, kalt und abweisend war. Leonor schenkte ihm ein scheues Lächeln. Die Freundlichkeit des Viscount war so ungekünstelt und echt, daß sie für einen Herzschlag lang alle Fragen und Probleme vergaß.

»Ich – würde mich f-freuen, wenn du weiterhin bei L-Leonor bliebest...«, flüsterte sie kaum hörbar, doch immerhin laut genug, daß sich ihr Vater über das andeutungsweise Stottern ärgerte.

»Du bist jetzt die neue Herrin dieses Hauses, Leonor«, sagte er laut und ohne sich um die nötige Diskretion zu bemühen. »Es ist an der Zeit, daß du dieses kindische Geflüster ablegst!«

Auch ohne die unmerkliche Anspannung des Armes unter ihrer Hand, hätte Leonor instinktiv gefühlt, daß ihr Gatte sich nur mühsam beherrschte. Er mochte Rowland Epworth nicht. Ja, er verachtete ihn geradezu. Jede Pore seiner Haut strömte diese Geringschätzung aus. Die hochfahrende Arroganz eines Mannes, der sich seiner Herkunft und seines Namens nur zu bewußt ist.

»Welch ein Glücksfall, meine liebe Leonor, daß Sie mir diese Aufgabe jetzt abnehmen«, zwitscherte in diesem Moment eine kultivierte, hohe Stimme liebenswürdig in das unheilvolle Schweigen. »Ich kann gar nicht sagen, wie dankbar ich dafür bin, daß ich die Last dieses großen Hauses endlich auf jüngere Schultern legen kann. Meine angegriffene Gesundheit hindert mich seit geraumer Zeit daran, mich hier so um die Dinge zu kümmern, wie es notwendig wäre! Gervais, Liebling, führst du bitte deine Gattin zu Tisch? Fennimore, deinen Arm!«

Wäre Leonor in diesem Moment nicht so unglaublich erleichtert über das diplomatische Eingreifen von Lady Amanda gewesen, der Unterschied zwischen auffällig demonstrierter Schwäche und präzise ausgeteilten Anweisungen, wäre ihr sicher aufgefallen. So schenkte sie ihrer Retterin nur ein zitterndes Lächeln. Einen Dank, der auch die Bewunderung enthielt, die sie für sie empfand.

Mit ihren siebenunddreißig Jahren wirkte Amanda Croyde, die verwitwete Lady Wintash keinen Tag älter als Ende zwanzig. Daß der hochgewachsene, schlaksige Fennimore ihr Sohn sein sollte, war beinahe unglaublich. Sie wäre ohne weiteres als seine ältere Schwester durchgegangen.

Das schwarzschattierte Burgunderrot ihres Samtkleides betonte eine zerbrechliche winzige Taille, und im Gegensatz zur Braut, war die Mode der weiten Röcke und schmal geschnürten Oberteile ausgesprochen von Vorteil für sie. Bis zum silberblonden Haar, von einem perlenbestickten Spitzenhäubchen eher geschmückt als verborgen, war sie das Ebenbild der vollendeten Lady, dem Leonor vergeblich nacheiferte.

Daß sich ihr frisch angetrauter Gatte mit einer Liebenswürdigkeit um sie kümmerte, die er sonst für keinen anderen Menschen an den Tag legte, verstand sie vollkommen. Auch sie beeilte sich, der Bitte nachzukommen, und dem exzellenten Essen jene Aufmerksamkeit zu schenken, die es verdiente. Da sich Lord Wintash nicht um Konversation bemühte, hatte sie sowohl Zeit zum Kauen, wie auch, sich unter gesenkten Lidern genauer umzusehen.

Die Anzahl der geladenen Gäste war bescheiden. Die Familienmitglieder, ihr Vater, Sir Basil Conolly, der Anwalt des Hauses, der gestern abend den Ehevertrag besiegelt und der Priester, der vorhin die Trauung vollzogen hatte. Ob es daran lag, daß die Adelssitze in diesem Teil des Landes weit voneinander entfernt lagen oder weil die Hochzeit in unziemlicher Eile angesetzt worden war, wußte sie nicht. Lediglich Lady Amandas Arzt, der seine Praxis in St. Agnes hatte, war der Einladung noch gefolgt.

Das Tischgespräch wurde von Rowland Epworth beherrscht, dem die Genugtuung über diese Eheschließung ins Gesicht geschrieben stand. Rupert Croyde hatte sich seinen Plänen entzogen. Man munkelte sogar, daß der Herzanfall, der seinen plötzlichen Tod herbeigeführt hatte, in Wirklichkeit eine Kugel gewesen war. Ein letzter Ausweg aus Spielschulden, Skandalen und Fehlinvestitionen. Wie schade, daß er nicht mehr miterleben durfte, wie sein kostbarer, stolzer Erbe sich an eine Kaufmannstochter wegwerfen mußte, um den Familienbesitz zu retten.

Es war der einzige Schatten, der sein Wohlbefinden trübte. Dies und die Tatsache, daß ihm das üppige Essen mehr zusetzte, als er sich selbst eingestehen wollte. Verstohlen versuchte er das kompliziert geschlungene Gebilde seiner blütenweißen Halsbinde ein wenig zu lokkern.

Eine Geste, welche die unmerklichen Falten der Anspannung in Lord Wintashs Mundwinkeln vertiefte. Rowland Epworth hatte sich von der ersten Sekunde ihres Kennenlernens an nie die Mühe gemacht, seine einfache Herkunft zu verleugnen. Der Ehrgeiz, seine Tochter mit einem der ältesten Adelsgeschlechter des Landes zu verheiraten, war ihm nicht einmal die Mühe wert gewesen, die eigenen Manieren ein wenig zu korrigieren. Er würde froh sein, wenn er diesen, seinen Schwiegervater nach der Hochzeit nie wieder sehen mußte.

Welch ein Jammer, daß er die gleiche Hoffnung nicht auch in Bezug auf seine angetraute Gattin hegen durfte. Es fiel ihm schwer, auch nur einen Hauch von Zuneigung für sie zu empfinden. Sogar das natürliche Mitleid, das er normalerweise jeder gequälten Kreatur entgegengebracht hätte, wurde von jenem rasenden Zorn erstickt, der ihn bis in die Fingerspitzen erfüllte.

Zwar mußte er fairerweise eingestehen, daß dieses rundliche Nichts von einem furchtsamen Mädchen sicher keine große Chance gehabt hatte, den Plänen seines Vaters Widerstand zu leisten, aber er vermißte auch empfindlich die Intelligenz oder das Rückgrat, die für eine solch eigenständige Handlung erst einmal von Nöten gewesen wären.

Er griff nach seinem Weinglas und trank es in einem hastigen Zug ganz aus. Das dritte innerhalb kürzester Zeit, wie Leonor, noch nervöser werdend, registrierte. Sie selbst nippte nur an den Getränken, konnte indes den raffinierten Delikatessen auf ihrem Teller nur schwer widerstehen.

Obwohl ihr Miß Mcintoshs Ermahnungen im Ohr hallten, aß sie mit ihrem üblichen maßlosen Appetit. Mochte sich eine Lady bei Tisch auch noch so damenhaft zurückzuhalten haben, nur mit dem beruhigenden Gefühl eines vollen Magens war dieser Tag überhaupt zu bewältigen.

Schon als Kind hatte sie die trostreiche Eigenschaft des Essens entdeckt. Sattheit verschaffte ihr eine angenehme Müdigkeit, die Einsamkeit, Kummer und Tadel weniger wichtig erscheinen ließ. Auch die unterdrückte Angst vor dem, was diese Ehe für sie bringen würde, gehörte auf diese Liste. Selbst wenn ihr Vater mit keinem Wort über die Umstände gesprochen hatte, die zu Wintashs verblüffendem Heiratsantrag geführt hatten, daß er nicht freiwillig gemacht worden war, lag auf der

Hand. Es bedurfte keiner großen Fantasie, in der Höhe ihrer Mitgift ein wichtiges Argument zu suchen.

Obschon sich der Tisch unter den oppulenten Speisen bog, Lady Amanda einem Modejournal entstiegen zu sein schien und die Eleganz des Bräutigams ihr Herz aus dem Takt brachte, sie war realistisch genug, die unmerklichen Anzeichen eines dezent vernachlässigten Hauses zu erkennen. Unübersehbar fehlte in vielen Ecken das Geld für dringend notwendige Instandsetzungsarbeiten.

Schloß Wintash, das im Kern die Mauern einer mittelalterlichen Festung barg, war eine beeindruckende Ansammlung von verschiedenen Bauten, die sowohl den Reichtum, wie auch die Bedeutung vergangener Croydes widerspiegelte. Generation für Generation hatte vergrößert, geschmückt oder modernisiert und somit eine Mischung aus Burg und Herrenhaus geschaffen, die in ihrer massigen Gesamtheit für die Leute aus den umliegenden Fischerdörfern und Marktflecken ›Das Schloß‹ war.

Dank der Lehrstunden bei Mistreß Peacock, die nicht nur eine vorzügliche Köchin, sondern auch eine tüchtige Haushälterin war, bemerkte Leonor die verborgenen Stockflecken in den schweren Samtportieren. Sie sah, daß die nachgedunkelten Gemälde in der Familiengalerie gereinigt werden sollten und daß geschickt gestellte Schränkchen im Damensalon fadenscheinige Stellen im Teppich verdeckten. Generationen von Staub auf unbenutzten Möbeln erbrachten den Beweis, daß Lady Amanda nicht die Kraft oder den Wunsch hatte, den Dienstboten mit dem entsprechenden Nachdruck auf die Finger zu klopfen. Nun, auf diesem Gebiet würde der Schlendrian auf Wintash schnell ein Ende finden.

Während sie zerstreut ein Erdbeertörtchen nach dem anderen aß, verlor sich Leonor, soweit es ihr nüchternes Gemüt zuließ, in die ersten romantischen Träume ihres Lebens. Sicher, der Earl wirkte kühl und zurückhaltend, aber wenn sie erst allein miteinander lebten, wenn es ihr gelungen war, aus diesem vernachlässigten Mausoleum ein Heim zu machen, mußte er ihr dann nicht dankbar sein? Wäre es ihnen vielleicht möglich, irgendwann zu einer freundschaftlichen, auf gegenseitiger Sympathie beruhenden Gemeinschaft zu kommen? Sicher konnte ein Mädchen, das so aussah wie sie, nicht mit Leidenschaft und Liebesschwüren rechnen, aber...

»Mein lieber Mister Epworth, ist Ihnen nicht gut? Möchten Sie sich einen Moment zurückziehen?«

Leonor fuhr zusammen. Die ängstliche Frage Lady Amandas galt zwar ihrem Vater, der zu ihrer Rechten saß, aber der besorgte Tonfall riß auch sie aus allen Illusionen.

Tatsächlich, ihr Vater rang deutlich sichtbar, angestrengt nach Atem. Seine normalerweise eher kräftig rote Gesichtsfarbe war einem alarmierend kalkig grauen Ton gewichen. Er riß unbeherrscht an den Knöpfen seiner Weste, in vergeblicher Anstrengung, sich Erleichterung zu verschaffen. Lady Amanda betrachtete ihn ängstlich, machte aber keine Anstalten, ihm zu helfen.

Auch Leonor zögerte. Mister Epworth schätzte es gar nicht ›von Weibsleuten betütelt‹ zu werden, wie er es gerne ausdrückte. Lediglich Lord Wintash, dem derartige Skrupel fremd waren, schob entschlossen seinen Sessel zurück und rief, noch während er zu dem Kaufmann eilte, nach Dr. Fieldings ärztlichem Beistand.

Sie kamen beide zu spät. Beim Versuch, Leonors Vater zu stützen, damit dieser sich im Salon auf eine Chaiselongue legen konnte, brach der massige Mann stöhnend in den Armen des Mediziners zusammen. Im letzten Moment gelang es diesem gerade noch, zu verhindern, daß er mit dem Gesicht nach vorn in seinen Teller fiel.

Mit einem Schlag erstarb jede Unterhaltung an der Tafel. Alle Aufmerksamkeit war auf Rowland Epworth gerichtet, der in völlig unnatürlicher Haltung zwischen den Lehnen des gepolsterten Stuhles hing. Sein starrer Blick fixierte ohne Unterlaß das geschnitzte, rotgold eingelegte Familienwappen derer von Wintash, das, von historischen Schildern flankiert, über dem Kamin an der Stirnseite des Raumes hing.

Leonor konnte nicht begreifen, was ihr Verstand bereits als Tatsache registrierte. Ihr Vater kämpfte um sein Leben! Nein, er durfte sie nicht allein lassen!

»Vater! Vater, was ist mit dir?«

Zum ersten Male sah Gervais Croyde seine junge Frau bewußt an, ohne sofort die Augen abzuwenden. Die überladene Pracht ihres Hochzeitskleides erdrückte sie, nun da ihre Wangen exakt den Elfenbeinton des Schleiers angenommen hatten, noch mehr als zuvor. Nur die dunklen Pupillen, umkränzt von heller Iris verrieten Leben in ihrem Gesicht. Die Hand vor den erschreckt geöffneten Mund geschlagen, war sie aufgesprungen, und das Poltern des hinter ihr umstürzenden Stuhles drang erst jetzt, mit Verzögerung, an sein Ohr. Er straffte die Schultern und ließ das Handgelenk sinken, dessen Pulsschlag er soeben überprüft hatte.

Auch Dr. Fielding blieb nichts mehr zu tun. Er schüttelte bedauernd den Kopf.

»Es tut mir leid, Mylady. Ihr Vater ist tot! Dem Anschein nach ein plötzlicher, tragischer Herzanfall. Es ist nur zu oft der Fall, daß Männer seines Schlages die Alarmzeichen eines kranken Herzens ignorieren. Die verständliche Aufregung dieser Hochzeit scheint zuviel für ihn gewesen zu sein...«

»Aber mein Vater ist nicht krank!« schoß es durch Leonors Kopf. »Er war noch nie einen einzigen Tag seines Lebens krank!« Sie wollte es schrill hinausschreien, protestieren, alles ungeschehen machen, indes sie brachte keinen Ton über die bebenden Lippen.

»Tot!« Sind Sie sicher, Doktor? Oh, mein Gott, wie schrecklich...« Lady Amandas Worte waren kaum mehr als ein entsetzter Seufzer.

Später, wenn sich Leonor an diese gespenstische Szene erinnerte, sollte sie sich ganz besonders darüber wundern, daß der Viscount Feversham, der neben seiner Mutter saß, keinen Finger rührte, um diese zu halten. Fennimore saß da und sah mit geradezu wissenschaftlichem Interesse dabei zu, wie sie in anmutigster Weise, einem bunten Paradiesvogel gleich, in Ohnmacht sank. Sie hätte es ihr am liebsten nachgetan.

2. Kapitel

»Einen schönen guten Morgen, Mylady!«

Der fröhliche Gruß, mit dem Jane die morgendliche Tasse Tee auf dem kleinen Tischchen neben dem beeindruckenden, geschnitzten Polsterbett abstellte, stand in krassem Gegensatz zu allem, was Leonor Croyde, die junge Lady Wintash, an diesem Morgen fühlte. Sie hatte schlecht geschlafen. Erst kurz vor Sonnenaufgang war sie endlich in einen unruhigen, leichten Schlummer gefallen, der immer wieder von unliebsamen Träumen unterbrochen worden war.

Trotzdem hatte sie in jahrelanger Disziplin gelernt, ihre eigenen Empfindungen zu unterdrücken. Was blieb ihr auch schon anderes übrig? Niemand interessierte sich dafür, was sie dachte. Nicht einmal der Ehemann. Womit sie haargenau wieder bei jenem Thema war, das ihr auch in der vergangenen Nacht den Schlaf geraubt hatte. Gervais Croyde, Earl of Wintash. Ihr angetrauter Gemahl. Nur der Reif an ihrer Hand bewies, daß sie weder die Eheschließung, noch die folgenden schrecklichen Ereignisse geträumt hatte.

Fünf Tage war es gerade her, daß Rowland Epworth auf dem Friedhof von St. Agnes seine letzte Ruhe gefunden hatte. Leonors schüchterner Vorschlag, dem Vater einen Platz in der Gruft von Wintash zu geben, war von Gervais kühl und sachlich abgelehnt worden.

»Die Familiengruft ist ausschließlich für Familienmitglieder reserviert«, hatte er erklärt. »Trotz unserer Ehe zähle ich Mister Epworth nicht dazu.«

So hatte man ihren Vater in St. Agnes beigesetzt, da die sommerliche Wärme eine schnelle Beerdigung erforderte und zudem außer Leonor keine weiteren Familienangehörigen benachrichtigt werden mußten. Es war eine schlichte Zeremonie gewesen, der lediglich die anteilnehmenden Worte des Geistlichen, der selbst Zeuge gewesen war, als ihr Vater starb, ein wenig Wärme und Trost verliehen.

Neben ihrem Gatten stehend, in schwarze Schleier gehüllt, war sich Leonor so einsam und ausgesetzt vorgekommen, daß sie Mühe gehabt hatte, die Tränen zu unterdrücken. Zu ihrer Beschämung mußte sie sich eingestehen, daß es weniger die Tränen um ihren Vater gewesen waren, als um sich selbst.

Das Verhältnis zu ihrem Vater hatte dem eines dressierten Hündchens zu seinem Herrn geglichen. Für den bedingungslosen Gehorsam, den Fleiß und die Tüchtigkeit, die er als selbstverständlich von ihr erwartete, hatte sie im Austausch ein Dach über dem Kopf, Kleidung und Nahrung zugeteilt bekommen. Zuneigung, Liebe und Zärtlichkeit fehlten auf dieser Rechnung. Trotzdem vermißte sie ihn.

»Welches Kleid darf ich Mylady bereitlegen?« erkundigte sich Jane und riß sie aus ihren Gedanken.

»Das andere schwarze...«, murmelte Leonor und nippte an ihrem Tee.

»Es wird vermutlich heiß werden, Mylady!« warnte die Zofe. »Man sieht keine Wolke am Himmel...«

»Vermutlich...«, wiederholte Leonor vage, ohne ihren Befehl zu widerrufen. Wie auch ihre Gefühle waren, nach außen hin würde sie jederzeit die Form aufrecht erhalten. Obendrein erinnerte sie sich jetzt daran, daß Sir Basil die Testamentseröffnung ihres Vaters auf den heutigen Tag angesetzt hatte. Eigenartig, daß sie erst bei dieser Gelegenheit erfahren hatte, daß er der Anwalt sowohl ihres Vaters wie auch der Familie Wintash war.

Jane, die vom Bügelmädchen zur Zofe der neuen Lady

Wintash aufgestiegen war, bedauerte diesen Entschluß. Sie sah zwar ein, daß der Tod von Mister Epworth die junge Frau dazu zwang, sich an einem so herrlichen Tag in schwarze Wolle zu hüllen, aber ihr ganzes Empfinden für Farbe und Schönheit protestierte dagegen.

So sehr sie sich gewünscht hatte, diese Stellung zu erhalten, die Garderobe von Mylady konnte auch die geschickteste Zofe zur Verzweiflung bringen. In nüchternen, zumeist dunklen Farben gehalten, zeichnete sie sich in erster Linie durch einen bemerkenswerten Mangel an modischem Schick aus. Es waren matronenhafte, praktische Gewänder, weder bestickt, noch mit Bändern versehen. Altmodisch und elegant, ganz und gar nicht das Richtige für eine jung verheiratete Lady. Wenn sie da an die raschelnden Roben aus glänzendem Taft und posamentierter Seide dachte, die Lady Amanda trug...

Auch Leonors Gedanken kreisten in diesem Moment um die Stiefmutter ihres Gatten. Sie hatte vor zwei Jahrzehnten den verwitweten Earl of Wintash geehelicht. Der siebzehnjährige Fennimore war das einzige Kind aus dieser Verbindung. Die erste Frau des 10. Earl war wenige Jahre nach der Geburt des Erben verstorben. Vermutlich hatte der Earl wieder geheiratet, um dem Jungen eine Mutter zu geben, aber Genaueres wußte sie nicht. Ihren Gatten, den sie danach hätte fragen können, bekam sie nur bei den gemeinsamen Mahlzeiten zu Gesicht. Die Tischgespräche dort drehten sich um allgemeine Themen, und selbst wenn sie eine Meinung dazu hatte, so wagte sie doch kaum in seiner Gegenwart den Mund zu öffnen.

Anfangs, nach dem Schock über den Tod des Vaters, hatte sie es für einfühlsame Rücksichtnahme gehalten, daß er sich ihr in der Hochzeitsnacht nicht näherte. Doch als nun Abend für Abend verging, ohne daß Gervais Croyde das riesige Bett mit ihr teilte, in dem alle Erben von Wintash auf die Welt gekommen waren, mußte sie sich wohl oder übel fragen, ob es einen anderen Grund für seine Zurückhaltung gab.

Dabei hatte sie sich stets mit dem Gedanken an Kinder getröstet, wenn sie ganz im geheimen gegen diese menschenverachtende Sitte wütete, ungefragt verheiratet zu werden. Wenigstens Kinder zu haben, denen sie all die Liebe und das Lachen schenken konnte, die bisher noch nie jemand von ihr hatte haben wollen.

Daß zu diesem Behufe mehr nötig war als tägliche Mahlzeiten mit dem Ehemann, war sogar einem so behüteten Mädchen wie Leonor klar. Warum also mied Gervais Croyde das Zusammensein mit ihr? Weshalb ignorierte er ihre Existenz völlig? Und warum, zum Kuckuck, fehlte es ihr am nötigen Mut, ihn einfach zu fragen? War sie ein solch feiger Hasenfuß?

Eine Frage, die Leonor ohne Zögern mit »Ja« beantworten konnte. Die einschüchternde Erscheinung ihres schönen Gatten machte ihr bei jedem Treffen klar, wie unpassend ihre Verbindung war. Ohne jemals in den besseren Kreisen Londons verkehrt zu haben, glaubte sie doch zu wissen, daß ein Mann wie Gervais die Wahl unter den hübschesten Erbinnen der Gesellschaft gehabt hätte.

Nachdenklich betrachtete sie ihr Spiegelbild, während sich Jane bemühte, die Flut ihres schweren, mahagonifarbenen Haares in jenen puritanischen Nackenknoten zu zwingen, den sie täglich trug. Nun, sie sah – normal aus. Ovale Züge, eine kleine gerade Nase, ein Mund mit einer etwas zu vollen Unterlippe, geschwungene Brauen und Augen, die sich nicht entscheiden konnten, ob sie nun grau oder blau oder durchsichtig sein wollten. Ein Allerweltsgesicht, dessen runde Wangen ebenso wie ihre füllige Taille von ihrer Vorliebe für Süßes verkündeten.

Kein Vergleich zu den exquisiten Zügen Lady Amandas, die ihre natürlichen Vorzüge noch mit Hilfe von geheimnisvollen Cremes und Farbtigeln betonte. Sie, Leonor, war bedauerlicherweise keine Frau, die auf ihr Aussehen vertrauen konnte, wenn es darum ging, einen desinteressierten Ehemann zu fesseln. Welche Möglichkeiten also blieben ihr.

»Sie haben wunderschönes Haar, Mylady«, plauderte Jane während ihrer Arbeit. »Es ist viel zu schade, um versteckt zu werden, Wie wäre es, wenn ich nur die obere Partie auf dem Hinterkopf feststecke?«

»Unsinn«, antwortete Leonor trocken. »Ich trage es immer so. Es ist praktischer...«

Soviel fehlende Eitelkeit verschlug Jane die Sprache. Wenig später schritt Leonor die breite Holztreppe hinunter, welche die Wohnräume des Earls mit der großen Halle verband. Die Tür zum Frühstückszimmer war halb angelehnt, und Fennimores Stimme drang unbekümmert und laut heraus.

»Meine Güte, Ger, der nächste Gewitterregen wird deinen gesamten Reitstall unter Wasser setzen. Es wird allerhöchste Zeit, daß du dem Dachdecker Bescheid sagst und – unter uns – wenn du es über dich brächtest, endlich eine Entscheidung bezüglich der Gebühren für Oxford zu treffen, wäre ich dir enorm dankbar! Ich könnte mich bereits für den kommenden Winter einschreiben...«

Unwillkürlich verhielt Leonor den Schritt. Hier also war der Grund dafür zu suchen, warum Fennimore sich auf Wintash langweilte, anstatt, wie allgemein in seinen Kreisen üblich, die Schulbank zu drücken. Sie mochte Fenn, er war der einzige in dieser ganzen Familie, der ihre Existenz wenigstens zur Kenntnis nah.

»Wie freundlich von dir, mein Lieber, mir deine Ratschläge nicht vorzuenthalten. Sei versichert, daß ich alles tue, was in meinen Kräften steht!«

»Grundgütiger Himmel, Ger! Hat dir schon einmal jemand gesagt, daß du ein eiskalter Hund bist?«

»Wenn ich mich recht entsinne, mein kleiner Bruder. Vorgestern...«

Fenns Lachen entspannte die kritische Situation, und Leonor ertappe sich bei dem brennenden Wunsch, ebenso locker und selbstverständlich mit ihrem Gatten reden zu können wie er. In seiner Anwesenheit war ihre normale Schüchternheit jedoch mittlerweile zu lähmender Scheu geworden. Schon der Gedanke, ihm gleich gegenübertreten zu müssen, ließ sie mitten im Schritt verharren. Eine Position, die ihr nicht nur einen Lauschposten sicherte, sondern ihr auch einen unerwarteten Überblick auf den dezent verwahrlosten Zustand des schönen alten Hauses bescherte.

Durch die schmalen, fast deckenhohen Sprossenfenster, die paarweise die Eingangstür flankierten, fiel der helle Schein eines Sommervormittages und enthüllte unbarmherzig die Staubschichten auf den Bilderrahmen, Möbeln und Portieren. Selbst der einstmals prächtige Orientteppich, der die quadratischen Marmorfliesen bedeckte, hatte seine frühere Leuchtkraft eingebüßt. Abgelenkt verengte Leonor die Lider. Wahrhaftig, es mußte Monate, wenn nicht gar Jahre her sein, daß das Hauspersonal seine Pflicht vernünftig getan hatte.

Energisch raffte sie ihre Röcke. Wie auch immer ihr Gatte zu ihr stehen mochte, Lady Amanda hatte ihr am Tage ihrer Hochzeit deutlich die Erlaubnis gegeben, sich um die Führung des Haushaltes zu kümmern. Gleich nach dem Frühstück würde sie sich der Sache annehmen.

Von ihren Vorsätzen beflügelt, eilte sie die Treppe vollends hinunter und trat temperamentvoller als jemals zuvor in den kleinen Gartensalon, der den Croydes als Frühstückszimmer diente. Fenn, der sich soeben bei den

Wärmeplatten auf der Anrichte von den gebratenen Nierchen bediente, hob erstaunt die Brauen. Dann besann er sich schnell auf seine Manieren.

»Einen wunderschönen guten Morgen, Leonor!«

Erst jetzt wurde Lord Wintash auf seine Gemahlin aufmerksam. Er schloß sich dem Gruß seines Stiefbruders an, aber seine Stimme klang so reserviert und kühl, daß ihr Schwung in sich zusammenfiel und ihre Antwort wie üblich kaum zu verstehen war. Immerhin rückte er ihr den Stuhl zurecht, ehe der Butler an ihre Seite geeilt war. Mit zitternden Knien ließ sich Leonor am Tisch nieder.

»Wie schön, daß es endlich ein weibliches Wesen gibt, daß uns beim Frühstück Gesellschaft leistet!« lächelte Fennimore und stellte seinen Teller ab. »Was darf ich dir servieren? Die Nierchen kann ich dir empfehlen, von den Rühreiern solltest du besser Abstand nehmen. Der gute Monsieur Philippe, den Papa im vorigen Jahr zum neuen Herrscher über unsere Küche bestimmt hat, mag zwar alles über die französischen Spezialitäten seiner Heimat wissen, aber an simplen ländlichen Rühreiern scheitert er aus einem mir unerfindlichen Grunde täglich!«

Leonor murmelte etwas, das ihr junger Schwager als Zustimmung auffaßte. Er belud einen vorgewärmten Teller, und sie fand sich mit einer Portion konfrontiert, die sie auch abgeschreckt hätte, wenn sie dieses Gericht wirklich gemocht hätte. Da sie indes nicht wagte, nachträglich ihre Abneigung zu gestehen, spießte sie mit Todesverachtung ein paar soßentriefende Stückchen auf und zwang sich zum Kauen. Gervais Croyde warf ihr einen Blick zu, der seine mühsam verborgene Ungeduld verriet.

»Wenn es dir nicht schmeckt, brauchst du es keinesfalls zu essen«, kommentierte er trocken ihren deutlich sichtbaren Ekel. »Du bist die Herrin dieses Hauses. Es liegt in deiner Macht, den Koch hinauszuwerfen...«

»Lieber Himmel, nein...« Leonors Gabel klirrte gegen das Porzellan. »Ich würde nie – ich meine – die Nierchen sind sicher hervorragend, – wenn – äh, falls man sie mag ...«

»Vielleicht hättest du Fenns Frage einfach abschlägig beantworten sollen?« Leonor glaubte deutlichen Spott in den Worten ihres Gemahls zu hören. Sie errötete und aß vor lauter Verlegenheit weiter. Niemand konnte von ihr erwarten, daß sie mit vollem Mund antwortete – oder?

Lord Wintash maß die stämmige schwarze Gestalt mit einem Blick, der eine unterdrückte Mischung aus Langmut, Verachtung und mühsam aufrecht erhaltener Höflichkeit enthielt. Er machte sich nicht die Mühe, herauszufinden, ob seine Gattin lediglich schüchtern oder auch von höchst bescheidenen Geistesgaben war. Das einzig Bemerkenswerte an ihr war, seiner Meinung nach, ihr Appetit.

Ganz von selbst drängte sich ihm der Vergleich zu Lady Amanda auf, die morgens höchstens eine Tasse Tee und ein paar Bissen Toast zu sich nahm. Sie wäre vermutlich nie auf die Idee gekommen, neben diesen Nieren auch noch drei Rosinenbrötchen und mehrere Stücke Kuchen zu essen. Kein Wunder, daß Leonor mehr einer schwarz gewandeten Tonne, denn einer jungen Frau glich. Einer Krähe, die in ihren dunklen Stoffbahnen das Opfer darstellte, das er für Wintash zu bringen bereit gewesen war.

»Geht es dir wieder besser?« erkundigte sich in diesem Moment Fennimore, der zwischen der Zuneigung zu seinem älteren Stiefbruder und dem spontanen Mitleid, das er Leonor entgegenbrachte, hin- und hergerissen war. Um sie kein zweites Mal in Verlegenheit zu bringen, suchte er nach einem Gesprächsthema, wo er keine Fehler machen, sie aber trotzdem seiner Anteilnahme versichern konnte. »Es muß ein schrecklicher Schock für dich gewesen sein, deinen Vater so plötzlich zu verlieren. War er schon länger krank?«

»Nein«, murmelte Leonor leise, die Augen auf das Damast-Tischtuch gesenkt. »Er hätte sich nie erlaubt, einer solchen Schwäche nachzugeben. Er war ein Mann, der sich völlig unter Kontrolle hatte und dies auch von anderen erwartete. Weder Schmerz, noch Freude vermochten ihn zu berühren oder von seinen Zielen abzubringen. Ich vermag es kaum zu fassen, daß er tot sein soll.«

Fennimore war so verblüfft von dieser unerwarteten gleichgültigen Antwort, daß ihm entging, daß dies die längste zusammenhängende Rede war, die er bisher von seiner wortkargen Schwägerin gehört hatte. Er sah zu Gervais, doch dieser legte eben seine Serviette ab und schob den Stuhl zurück.

»Ihr entschuldigt mich«, verabschiedete er sich. Und zu seiner Gattin gewandt: »Sir Basil erwartet uns um zehn in der Bibliothek. Er beabsichtigt, das Testament deines Vaters zu verlesen, bitte sei pünktlich.«

Leonor nickte stumm und zerbröselte ein Stück Teekuchen zwischen den Fingern. Wenn es darum ging, unpersönliche, barsche Befehle zu erteilen, verstand sich ihr Gemahl darauf sogar noch besser als ihr Vater. Nur Fenn sah, daß sie unmerklich die Lippen zusammenpreßte und blinzelte, als ob sie gegen Tränen ankämpfte. Er bedauerte sie, und nachdem Gervais den Raum verlassen hatte, machte er einen neuerlichen Versuch, sie aus ihrer Zurückhaltung zu locken.

»Soll ich dir nach dem Frühstück das Haus zeigen?« bot er ihr an. »Du hast dich bisher kaum aus deinen Gemächern gerührt. Vermutlich hast du Angst, dich zu verirren? Kein Wunder, man könnte meinen, unsere verehrten Vorfahren hätten es sich zum Ziel gesetzt, einen Irrgarten aus Mauern und Steinen zu errichten. Du hast einen intimen Kenner sämtlicher Geheimgänge und stillgelegten Flügel vor dir! Was ist, hast du Lust?«

Der lausbubenhafte, jugendliche Charme, mit der der Viscount Feversham seine Einladung vorbrachte, machte es schwer, ihm zu widerstehen. Die Mischung aus unbefangenem Frohsinn und interessierter Anteilnahme, die er ihr entgegenbrachte, entwaffnete Leonor und brachte sie zum Lachen.

»Einverstanden«, nickte sie und schob den Teller mit den Kuchenresten von sich. Plötzlich hatte sie keinen Hunger mehr, dafür erinnerte sie sich an die Vorsätze von vorhin. Es konnte nicht schaden, sich einen Überblick zu verschaffen, ehe sie daran ging, Wintash in das gepflegte Heim zu verwandeln, das ihr vorschwebte. Es tat ihr gut, ein Ziel vor Augen zu haben. Eines, das sie davon ablenkte, darüber nachzugrübeln, was ihr Gatte für sie empfand.

3. Kapitel

Als Leonor, von Fennimore geführt, kurz vor zehn die beeindruckende Bibliothek von Wintash betrat, war sie sowohl von seinem Tempo wie auch von der Weitläufigkeit seines Elternhauses erschöpft. Nicht daran gewöhnt, treppauf treppab hinter einem temperamentvollen Siebzehnjährigen herzulaufen, litt sie unter der qualvollen Enge eines streng geschnürten Korsetts und hatte Mühe, in den schweren Falten ihres tristen Gewandes mit ihm Schritt zu halten.

Der Landsitz ihres Gatten hatte sich bei näherem Hinsehen als ein gutes Stück größer entpuppt, als seine ohnehin wuchtigen Mauern einen Fremden vermuten ließen. Ob sie sich jemals in all diesen Gängen, Gemächern und Flügeln zurechtfinden würde, war ihr ein Rätsel.

Zwar bewies der schwere Schlag der Standuhr an der Stirnseite des Raumes, daß Leonor auf die Minute pünktlich war, doch ihr Gatte machte einen höchst ungeduldigen Eindruck. Er konnte es offensichtlich kaum erwarten, bis Fennimore nach einer höflichen Begrüßung des Familienanwaltes den Raum verlassen hatte.

Vorsichtig nahm sie auf der äußersten Kante des gepolsterten Sessels, auf den Gervais deutete, Platz. Sir Basil Conolly nickte befriedigt und begann umgehend das Siegel eines steifen, großen Umschlages zu brechen. Sehr alt schien das Testament ihres Vaters nicht zu sein. Die ersten Worte des Rechtsvertreters bestätigten ihre Vermutung unaufgefordert.

»Ihr Herr Vater, Lady Wintash, hat dieses Dokument in meiner Kanzlei unterschrieben, nachdem Ihre Verlobung mit Lord Wintash bekanntgegeben worden war. Es lag ihm sehr daran, seine Angelegenheiten vor der Reise nach Cornwall geregelt zu wissen.«

Obwohl Leonor ihm dem Anschein nach zuhörte, war sie in Gedanken meilenweit entfernt. Aus den Augenwinkeln musterte sie ihren Gatten, der schräg vor ihr saß, so daß sie sein herrisches Profil genau im Blickwinkel hatte. In ein taubenblaues Jackett und eng anliegende sandfarbene Reithosen gekleidet, hatte er die Arme vor der Brust verschränkt und die Beine in den glänzenden Stiefeln weit von sich gestreckt. Er vermittelte den Eindruck mühsam gebändigter Kraft. Was ging unter seiner andeutungsweise gerunzelten Stirn vor?

»Nun, Lady Wintash«, kam Sir Basil bereits zum Ende des kurzen letzten Willens. »Das bedeutet, daß der gesamte Nachlaß Ihres Vaters Ihrer Verfügungsgewalt untersteht. Mister Epworth hatte unbegrenztes Vertrauen in Ihre Fähigkeit, dieses beachtliche Vermögen zu verwalten. Ich muß gestehen, daß ich es außergewöhnlich fand, daß er keinen Verwalter benannte, der Ihnen beratend zur Seite steht. Allerdings ist hier noch ein persönliches Schreiben Ihres Vaters, das ich Ihnen unmittelbar nach der Verlesung des letzten Willens direkt übergeben soll.«

Leonor nahm den zweiten, ebenfalls versiegelten Brief in Empfang und drehte ihn neugierig zwischen den Fingern. Kein einziges Mal hatte sich ihr Vater während der vergangenen zwanzig Jahre schriftlich an sie gewandt. Auch nicht, als sie das Pensionat in Devonshire besuchte und vor Heimweh fast umgekommen wäre. Sie zögerte, seine Zeilen vor den beiden Männern zu öffnen und steckte sie vorerst in eine schmale Seitentasche ihres Rokkes.

Sir Basil war bereits damit beschäftigt, seine Akte zu schließen. Er verabschiedete sich mit den üblichen Höflichkeitsfloskeln von Lord Wintash, der keine Anstalten machte, ihn noch zu längerem Bleiben zu überreden. Als jedoch auch ihr Gatte die Bibliothek verlassen wollte, nahm Leonor ihren ganzen Mut zusammen und hielt ihn zurück.

»Du möchtest mich sprechen? Aber bitte!« Seine ebenso höflichen wie gleichgültigen Worte, im Verein mit fragend erhobenen Brauen, veranlaßten die junge Frau dazu, die Hände in Höhe ihrer Brust aufgeregt gegeneinander zu pressen. Zwei hektische rote Flecken erschienen auf ihren blassen Wangen. In der berechtigten Angst, daß sie nie wieder die Entschlossenheit aufbringen würde, ihr Angebot zu machen, wenn sie es jetzt nicht tat, stürzte sie sich ohne Aufenthalt in eine wirre Rede.

»Ich – ich habe – ich meine, Fennimore hat mir das Haus gezeigt ...«

»Wie aufmerksam von meinem kleinen Bruder. Hat es dir gefallen?«

Mußte er sich so gelangweilt und überheblich geben? Einen Moment bekämpfte Leonor den unwiderstehlichen Wunsch, diesen arroganten Menschen bei den Aufschlägen seiner makellosen Jacke zu packen und zu schütteln. Dann hatte sie sich wieder in der Gewalt.

»Es – es könnte mir gefallen, wenn es in besserem Zustand wäre. Ich – ich denke, es sind eine Reihe von Reparaturen und Erneuerungen nötig. Nicht nur das Haus, auch die Ställe – also, was ich sagen will ... Es würde mich freuen, wenn du mir erlaubst, einen Teil des Geldes, das mir mein Vater vermacht hat, dafür zu verwenden. Schließlich ist Wintash jetzt auch mein Heim und das unserer künftigen Kinder, es – es wäre sicher hübsch, wenn es nicht durch das Dach im Pferdestall regnen würde ...«

Mit Ausnahme dessen, daß sein Gesicht eine unauffällige Schattierung blasser wurde, zeigte Gervais Croyde keinerlei Reaktion auf dieses Angebot. Lediglich die deutlich ausgeprägten Kinnmuskeln verrieten, daß er die Zähne aufeinanderbiß. Leonor indes war zu schüchtern und zu unerfahren, um dieses Zeichen mühsam gebändigter Erbitterung zu erkennen und entsprechend zu reagieren. Statt dessen versuchte sie, durch eine neuerliche, hastig vorgebrachte Erklärung, seine Aufmerksamkeit zu fesseln.

»Ich weiß, daß wir uns kaum kennen, aber es gibt doch eigentlich keinen Grund, warum wir nicht Freunde werden sollten, schließlich sind wir verheiratet...?«

Das Lachen, mit dem der Earl antwortete, sorgte dafür, daß sich die kleinen Härchen in Leonors Nacken sträubten. Unwillkürlich wich sie einen Schritt zurück, so als könne sie damit dem Sarkasmus seiner Entgegnung entkommen. Aber niemand bewahrte sie davor. Die volle Wucht seiner unverhüllten Verachtung traf sie wie ein Faustschlag.

»Freunde? In der Tat! Bist du tatsächlich so naiv, oder unterstellst du mir Dummheit? Dein Vater hat einen Titel für dich gekauft. Er wollte eine Lady aus einer Kaufmannstochter machen und hat eine Menge Geld dafür bezahlt. Die Spielschulden meines Vaters, die Hypotheken auf dem Schloß, die offenstehenden Rechnungen bei Schneidern, Juwelieren und Weinhändlern. Man muß ihm zugestehen, daß er nicht knauserig war. Ich habe mich im Austausch bereit erklärt, meinen guten Namen zu verkaufen. Aber niemand wird mich dazu bringen, dieser Posse die Krone aufzusetzen und eine echte Ehe mit dir zu führen. Unsere Kinder! Wahrhaftig, erwartest du von mir, daß ich mich mit dir verbinde? Wintash hat bereits seinen Erben! Fennimore kann die Linie weiterführen und eines Tages ein Mädchen aus unseren Kreisen heiraten, das ihm ebenbürtig ist. Ich habe das Meine getan, indem ich den Besitz erhalte und dafür sorge, daß er nicht weiter auseinanderbricht. Die Trauung mit dir hat Wintash vor der Versteigerung gerettet. Aber ich werde weder dir noch deinem verstorbenen Krämervater den Triumph gönnen, daß du den Erben von Wintash zur Welt bringst! Du kannst meinetwegen deine Gemächer mit Gold tapezieren und dich von morgens bis abends in venezianische Spitzen hüllen, für Wintash und seine wahren Bedürfnisse werde ich allein sorgen!«

Die unverblümte Geringschätzung, die Leonor aus diesen Worten entgegenschlug, raubte ihr die Sprache. Sie starrte den Earl an, der sie aus eisigblauen Augen musterte und ihr das Gefühl vermittelte, etwas Minderwertiges, höchst Schmutziges zu sein, das eines der Hausmädchen unter dem Teppich hervorgekehrt hatte. Die ebenmäßige Maske seines zornigen, schönen Gesichtes war um so erschreckender, als sie auch im Zustand höchster Erregung nichts an Attraktivität einbüßte. Noch während ihr Gatte sie beleidigte, kam ihr Herz bei seinem bloßen Anblick aus dem Takt.

»Ich – ich – das kann nicht dein Ernst sein...«, flüsterte sie fassungslos. Sie blinzelte angestrengt, um die drohenden Tränen, die bereits hinter ihren Lidern brannten, zu verstecken. Ohne daß sie sich der Geste bewußt war, hob sie beschwörend die offenen Hände zu ihm. Verstört versuchte sie zu begreifen, was er sagte, die Wucht seiner schneidenden Anklage zu ordnen und ein wenig von ihrem Stolz und ihrer kaum vorhandenen Selbstachtung zu retten.

»Ich pflege normalerweise selten zu scherzen«, erklärte er eisig. »Ich hätte dir diese Tatsachen bereits am ersten Abend unserer Ehe erklärt, aber der plötzliche Tod deines Vaters ließ mich davon Abstand nehmen.«

»Wie rücksichtsvoll«, wisperte Leonor und erntete ein unwirsches Stirnrunzeln. Sollte das sarkastisch gemeint gewesen sein? Der Lord entschied sich dagegen. Dieses junge Ding in seinen düsteren Kleidern war so hilflos und verschüchtert wie eine Maus. Ironie kannte sie vermutlich kaum vom Hörensagen.

»Es tut mir leid, daß du diesen unerwarteten Verlust erlitten hast«, fuhr er fort. »Aber es ändert wenig an den Tatsachen. Du wirst nach außen hin die Rolle der Lady Wintash spielen und meinetwegen auch die der Hausherrin, aber unsere Ehe besteht nur auf dem Papier! Und jetzt entschuldige mich bitte, ich habe zu tun...«

»Du gehst?« Leonor verachtete sich selbst für den flehentlichen Tonfall ihrer Stimme.

In der Tür drehte sich der Earl noch einmal um. »Du hast kein Recht, von mir Rechenschaft über meine Zeit oder meine Handlungen zu fordern. Du trägst meinen Namen und meinen Ring, das muß dir genügen!«

Das war mehr als deutlich. Leonor taumelte. Sie fixierte wie abwesend die breite Flügeltür der Bibliothek, die sich mit einem dumpfen Laut hinter ihrem Gatten schloß und sie allein zurückließ. Jede Seite war in je drei geschnitzte Kassetten unterteilt und zeigte Szenen aus der griechischen Mythologie. Ihre Augen fielen auf die oberste Darstellung der rechten Seite, die den gefesselten Tantalus und einen Adler zeigte, der eben versuchte, ihm bei lebendigem Leib das Herz herauszureißen.

Hastig drehte sie dem grausamen Bild den Rücken zu, aber es war schon zu spät. Ihre Fantasie vertauschte die Figuren. So allein wie der sagenumwobene Gefangene war sie hilflos den Ereignissen ausgeliefert, und es fehlte nicht viel, sie hätte in dem arroganten Raubvogelprofil des Adlers sogar eine gewisse Ähnlichkeit mit ihrem Gatten entdeckt.

Trotzdem bestand ein grundlegender Unterschied. Die Fesseln fehlten! Zum ersten Mal in ihrem Leben besaß sie die Möglichkeit, nach ihrem eigenen Kopf zu handeln. Weder Miß Mcintosh noch Mistreß Peacock hatten künftighin die Macht, ihren Tagesablauf zu bestimmen. Was immer die Zukunft bereit hielt, wenigstens diese Freiheit hatte sie ihr beschert.

Leonor klammerte sich an diesen Gedanken. Er ermöglichte es ihr, das Kinn hochzurecken und den Raum zu verlassen, ohne in die eben noch drohenden Tränen auszubrechen.

4. Kapitel

»Nun, es scheint mir keine unüberwindbaren Schwierigkeiten zu bereiten, den Frühstückstisch mit frischem Gebäck zu versorgen und die Rühreier erst in die Pfanne zu tun, wenn seine Lordschaft zum Frühstück hinunterkommt«, schloß Leonor ihre Ansprache an Monsieur Philippe, der sie ansah, als sei sie das sagenumwobene weiße Einhorn. »Ich bin gerne bereit, Ihnen zu demonstrieren, wie wir in England solche Speise zubereiten, damit es künftig keine Klagen mehr gibt«

»Mylady belieben zu scherzen«, zwang er sich steif zu einer Antwort, und die Empörung verstärkte seinen französischen Akzent. »Ich 'abe in den ersten 'äusern Londons gearbeitet!«

»Wie schön für Sie«, konstatierte die junge Lady trokken. »Dann dürfte es Ihnen keine Schwierigkeiten machen, den Speiseplan einzuhalten, den ich zusammengestellt habe. Ich danke für Ihre Aufmerksamkeit, Monsieur Philippe. Wenn Sie bitte jetzt Mrs. Burnes Bescheid sagen könnten, daß ich auf sie warte!«

Es hatte ganz den Anschein, als würde Monsieur Philippe, der oberste Küchenchef von Wintash, an seiner eigenen Entrüstung ersticken, ehe er es fertigbrachte, sich den Gesetzen der Höflichkeit entsprechend, von Lady Leonor zu verabschieden.

Da sie jedoch dieses unangenehme Gespräch mit der beiläufig vorgebrachten Mitteilung verbunden hatte, daß sein seit drei Monaten ausstehendes Gehalt zuzüglich einer kleinen Prämie bezahlt werden würde, die ihn für die Wartezeit entschädigte, hatte er seinen Berufsstolz seiner Geldgier untergeordnet. Für diese Summe war er sogar bereit, künftig morgens aufzustehen und persönlich die Zubereitung des Frühstücks zu überwachen, was er bisher dem Küchenpersonal überlassen hatte. Aber er würde sich kein zweites Mal von dieser spitzzüngigen, gewöhnlich aussehenden Person der Unfähigkeit bezichtigen lassen, das schwor er sich!

Auch Mrs. Burnes, die Haushälterin von Wintash, die bisher keinerlei Einmischung von Lady Amanda in ihren Herrschaftsbereich erfahren hatte, stand eine unangenehme halbe Stunde bevor. Ab und zu in ihr Notizbuch sehend, in dem sie eine Aufstellung der dringendsten Arbeiten aufgelistet hatte, bewies ihr die »Kaufmannstochter«, wie sie Mrs. Burnes heimlich nannte, daß sie sehr wohl wußte, wie ein Haushalt von dieser Größe geführt werden mußte.

»Aber Lady Amanda hat gesagt...« unternahm Mrs. Burnes einen Versuch, ihre schwindende Autorität zu festigen, und wurde sofort unterbrochen.

»Lady Amanda ist nur zu dankbar, diese unangenehmen Alltagsdinge mir zu überlassen, Mrs. Burnes«, erhielt sie zwar leise, aber nachdrücklich zur Antwort. Da sich die Witwe des verstorbenen Earls vom Tage ihre Ankunft in Wintash an nie in Haushaltsdinge gemischt hatte, zweifelte Mrs. Burnes keinen Moment an der Richtigkeit dieser Aussage. Ähnlich wie Monsieur Philippe stand sie vor der Wahl, sich entweder der neuen Autorität zu beugen oder zu kündigen. Wie er entschloß sie sich vorerst zu einem Waffenstillstand.

Beide ahnten nicht, daß Leonor hörbar aufatmete, als sie diese unangenehmen Gespräche hinter sich hatte. Es hatte ihrer ganzen Selbstbeherrschung bedurft, die nötigen Befehle zu geben und sich vor den beiden keine Blöße zu geben. Wie sie ihrem Gatten eine mögliche Kündigung des Kochs oder gar der langjährigen Haushälterin hätte erklären sollen, wußte sie sowieso nicht. Zwar hatte er ihr die Rolle der Hausherrin zugestanden, doch wie weit die dazugehörigen Kompetenzen gingen, war völlig ungeklärt.

Erleichtert klappte sie ihre Aufzeichnungen zusammen und beschloß sich an den Schreibtisch zu begeben. Sollte sie Wintashs Erlaubnis einholen, ehe sie Musterbücher für neue Vorhänge bestellte und daran ging die Teppiche in der Halle und in der Bibliothek zu erneuern?

Warum eigentlich? Seit der Testamentseröffnung vor zwei Tagen hatte sie ihn, wie bisher, nur bei den Mahlzeiten gesehen. Doch nachdem er sie jeweils begrüßt und ihr den Stuhl zurechtgerückt hatte, hätte sie ebensogut eines der Stuckornamente an der Decke sein können, so wenig nahm er sie zur Kenntnis. Die Unterhaltung bei Tisch bestritt Lady Amanda, wenn sie es nicht vorzog, allein in ihren eigenen Räumen zu speisen.

Leonor fiel es schwer zu entscheiden, welcher Fall ihr lieber war. Ohne die Witwe des verstorbenen Earls drehte sich die Unterhaltung zwischen Fennimore und Gervais ausschließlich um Landwirtschaft, Pferdezucht und sportliche Ereignisse. Mit Lady Amanda plauderte ihr Gatte auf das Charmanteste über Leute, Ereignisse und Veranstaltungen, von denen sie nie etwas gehört hatte. Im letzteren Fall allerdings leistete ihr der Viscount Feversham beim Schweigen Gesellschaft. Sie fragte sich, ob er das aus Langeweile tat, oder weil er nichts dazu beitragen konnte?

Sich beim Grübeln ertappend, rief sie sich energisch selbst zur Ordnung. Es war das alte Rezept, dem sie folgte, seit sie denken konnte. Je mehr Arbeit und Pflichten sie sich auflud, um so schneller verflog der Tag, um so einfacher war es, abends Schlaf zu finden. Müde an Körper und Geist, bereitete es am wenigsten Mühe, den unliebsamen Träumen zu entfliehen, die ihr nur das Herz schwer machten und sie mit Sehnsüchten belasteten, die nie Erfüllung finden würden.

In dem kleinen Salon, der zusammen mit dem Schlaf-, dem Ankleide- und dem Nähzimmer das Apartment bildete, das ihr in Wintash zugewiesen worden war, setzte sie sich an den zierlichen Damenschreibtisch und schlug das Haushaltsbuch auf, das ihr Mrs. Burnes sichtlich widerwillig überlassen hatte. Mit der ihr eigenen Gründlichkeit überflog sie die Zahlenreihen, addierte und kontrollierte. Plötzliche Geräusche aus dem Nebenzimmer erregten ihre Aufmerksamkeit und verrieten, daß Jane den Schlafraum betreten hatte und zusammen mit einem der Hausmädchen begonnen hatte, dort für Ordnung zu sorgen. Die ungenierte Unterhaltung, deren Zeugin sie nun durch die halb angelehnte Tür wurde, bewies deutlich, daß beide nicht auf die Idee kamen, ihre Herrin könne nebenan sitzen und lauschen.

»Stimmt es eigentlich, daß Lord Wintash noch nie hier geschlafen hat?« erkundigte sich eine atemlos neugierige, piepsige Stimme.

»Was geht's dich an! Kümmer dich lieber um die Kissen!«

Leonor freute sich, daß Jane so loyal zu ihr stand, aber das andere Mädchen ließ nicht locker.

»Ich hätte nie damit gerechnet, daß er so schnell heiratet«, kicherte es, und Leonor ahnt, daß mit »er« ihr Gatte gemeint sein mußte. »Schließlich ist Lady Amanda eine wunderschöne Dame! Und daß er sie verehrt, pfeifen die Spatzen von allen Dächern!«

»Red keinen Blödsinn«, schimpfte Jane. »Sie ist seine Stiefmutter!«

»Na und? Willst du bestreiten, daß er sie anschaut wie die Katze die volle Sahneschüssel? Und sie schnurrt dazu! Ich wette, daß die beiden ein Verhältnis miteinander haben!«

Leonor schlug die Hand vor den Mund und unterdrückte im letzten Moment einen Aufschrei. Gervais und Lady Amanda? Unmöglich! Oder doch?

»Man sollte dir den Mund mit Schmierseife auswaschen«, fauchte indessen Jane. »Wie kann ein Mensch nur so eine schmutzige Fantasie haben?«

»Fantasie?« Die andere regte sich so auf, daß ihre Stimme schrill klang. »Dann ist es auch meine Einbildung, daß sie ihn empfängt, wenn sie im Bett liegt und dabei Hemden trägt, die so unanständig sind, daß die Bügelfrau rot wird, wenn sie das Eisen drauftut?«

»Jeder im Haus weiß, daß Lady Amanda eine schwache Gesundheit hat. Soll sie vielleicht keinen Besuch bekommen, wenn sie leidend ist und nicht aufstehen kann?«

Wie erstarrt verfolgte Leonor den Disput, der plötzlich viele Fragen beantwortete, die ihr selbst bereits durch den Kopf gegangen waren.

»Du bist einfältig, Jane!« widersprach das andere Mädchen höhnisch. »Für dich sind diese Ladys über jeden Tadel erhaben. Aber ich sag' dir eines, sie sind weder besser noch schlechter als unsereins. Weiß der Teufel, welche Gerechtigkeit gerade sie in seidenen Laken zur Welt kommen ließ. Unsereins schuftet sich die Seele aus dem Leib und muß glücklich sein, wenn einen wenigstens einer der Stallburschen oder Diener heiratet, ehe man nach dem fünften oder sechsten Balg im Kindbett stirbt.«

»Betty, du versündigst dich!«

»Seit wann ist die Wahrheit eine Sünde?«

Die Verbitterung, die in diesen Worten mitschwang, machte Leonor fast ebenso betroffen, wie der böse Klatsch, den sie auf diese Weise erfahren hatte. Sie wagte kaum, Atem zu holen. Sie umklammerte die Tischkante, daß ihre Knöchel weiß schimmerten, und wartete auf Janes Antwort.

»Unzufriedenheit und Neid ist eine Sünde! Und wenn Mrs. Burnes dich dabei erwischt, daß du die Laken so schlampig um die Matratzen legst, brauchst du dir deine kostbare Seele auf Wintash nicht arg viel länger aus deinem gehässigen Leib zu schuften!«

Damit behielt die Zofe das letzte Wort, denn wenig später vernahm Leonor nur das Klappen der Tür, als beide sich wieder entfernten. Sie stieß die angehaltene Luft aus und stand so abrupt von ihrem Stuhl auf, daß er nach hinten rutschte und gegen die Wand kippte. Ihr Herz raste, während ihr Blick unwillkürlich auf das goldgerahmte Oval des venezianischen Spiegels fiel, der glänzend und breit über dem Kamin hing.

Er warf ihr Bild zurück. Das Konterfei einer grau gekleideten dicklichen Person mit weit aufgerissenen hellen Augen in einem geisterhaft blassen Gesicht. Vor ihrem inneren Auge entstand statt dessen die Vorstellung von Lady Amanda. Silberblond, mit fließenden Locken, in einem spitzenbesetzten Negligé, das kein Geheimnis aus der Vollkommenheit ihrer Figur machte. Was zählte in diesem Fall schon der Altersunterschied? Kein Mann, der seine fünf Sinne beisammen hatte, würde ihr auch nur ein freundliches Wort gönnen, wenn er statt dessen Lady Amandas Zuneigung gewinnen konnte oder gar bereits besaß...

Mit einer automatischen Geste strich sich Leonor über die straff nach hinten gezogenen Haare. Keine Strähne war locker, aber die zögernde Berührung weckte einmal mehr die unterschwellige Sehnsucht ihres Herzens nach Zärtlichkeit und Zuneigung. Niemand hatte sie je gestillt. Sie war allein. Nach dem Tod ihres Vaters noch mehr als je zuvor.

Solange er am Leben war, hatte sie wenigstens die Illusion hegen können, daß er sie liebte. Daß er seine Empfindungen lediglich hinter seiner äußeren Schroffheit verbarg. Jetzt war er gestorben, ohne daß sie jemals erfahren würde, ob sie recht damit gehabt hatte oder nicht.

Jedoch... Leonors Hände sanken herab. Der Brief! Du lieber Himmel, sie hatte den Brief ihres Vaters völlig vergessen. Wo war er geblieben? Sie versuchte, die Fülle ihrer Gedanken zu ordnen, sich zu konzentrieren. Sie hatte das Schreiben nach der Testamentseröffnung in die Tasche ihres Rockes gesteckt, und über der demütigenden Auseinandersetzung mit ihrem Gatten war es ihr völlig entfallen!

Sie lief in ihr Schlafzimmer und von dort in das Ankleidekabinett. Ein quadratisches, kleines, aber sehr zweckmäßiges Gemach, an dessen Stirnwand ein mächtiger Mahagonischrank genügend Platz für ihre schmucklose Garderobe bot. Sie öffnete die Tür und schob die Bügel mit den Gewändern nacheinander zur Seite.

Ja, dort in der hintersten Ecke hing das dunkle Tageskleid. Sie hatte Jane gesagt, daß sie es nie wieder tragen wolle. Zum einen war es wirklich zu heiß, zum anderen erinnerte es sie zu sehr an die abfälligen Worte ihres Gatten.

Sie griff in die Seitentasche des Rockes und fühlte nur Stoff. Seltsam? Aber es gab doch nur die eine Tasche... Sie nahm das Kleid heraus und schüttelte es aus, befühlte die Falten, das Mieder, die Ärmel. Nein, leer! Kein Knistern, kein Widerstand. Wo war der Brief?

Sie zwang sich zur Ruhe und hätte am liebsten nervös gelacht. Natürlich. Sie besaß jetzt eine Zofe. Sie war nicht mehr selbst für die Ordnung in ihren Schränken zuständig. Sicher hatte Jane beim Aufräumen den Brief gefunden und ihn irgendwo hingelegt. Eine kurze, oberflächliche Suche auf allen Tischen, Kommoden und Kaminabsätzen war indes vergeblich. Ungeduldig zog

Leonor mehrmals an dem bestickten Samtband, welches das Glockensignal für Jane scheppernd in die Dienstbotenräume weiterleitete.

Ein wenig kurzatmig, weil sie so schnell gelaufen war, tauchte das junge Mädchen auf und verneinte die Frage. Sie hatte keinen Brief gefunden. Die Taschen des Kleides von Mylady waren leer gewesen, bis auf ein zierlich umhäkeltes Taschentuch, das sie in die Wäscherei gegeben hatte. Verwirrt entließ Leonor die Zofe.

Es gab nur eine einzige Erklärung, sie mußte den Brief verloren haben. Sie sank auf den samtbezogenen Hocker vor dem Spiegeltisch und barg das Gesicht in den Händen. Der Verlust dieses Schreibens war das Gewicht, das die mühsam bewahrte Balance ihrer Selbstbeherrschung endgültig zum Scheitern brachte.

Sie spürte die Tränen, die ohne ihr Zutun einfach aus den Augenwinkeln rannen, und machte keinen Versuch, sie aufzuhalten. Es war Jahre her, seit sie zum letzten Male geweint hatte, aber diese Tränen brachten keine Erleichterung. Im Gegenteil, sie bestätigten nur die Sinnlosigkeit ihrer Existenz. Sie war nichts als ein Objekt, das für ein paar getilgte Hypotheken und Spielschulden den Besitzer gewechselt hatte. Häßlicher als jeder Kunstgegenstand, nutzloser als ein Bündel Waren, ein Faß Wein oder ein Bankbrief.

Wie sah ihre Zukunft aus? Was hatte sie unter diesem Dach zu erwarten? Das Dasein einer Haushälterin mit Titel? Das bloße Vorhandensein als Lady Wintash? War es ihr bestimmt, täglich aufs neue die schmerzhafte Gleichgültigkeit, ja sogar die Verachtung ihres Gatten zu erdulden? Neben der strahlenden Schönheit Lady Amandas im Schatten zu bleiben? Ungeliebt, übersehen und verschmäht?

Sie ließ die Hände sinken und betrachtete mit fieberhafter Intensität aufs neue ihre Züge im Spiegel. Sie gehörte nicht zu den Frauen, die ungestraft weinen. Ihre Augen verschwanden hinter geschwollenen Lidern, und ihre blasse Haut bekam Flecken.

»Lady Wintash, Leonor Elizabeth Prudence Croyde«, flüsterte sie mit heiserer Stimme. »Warum bist du nicht an Stelle deiner Mutter bei dieser Geburt gestorben? Warum mußtest du am Leben bleiben und dem Ehrgeiz deines Vaters geopfert werden? Was hat er nun davon, daß du einen Titel trägst und auf einem Schloß wohnst? Ein Grab auf dem Dorffriedhof von St. Agnes! War es das wert?«

Niemand beantwortete ihre Fragen. Im Gegenteil, die Stille des Zimmers hallte in ihrem Kopf nach und schmerzte wie Hammerschläge. Sie schloß die Augen, aber dann standen die ungerufenen Bilder ihrer Fantasie vor ihr. Gervais und Lady Amanda in leidenschaftlicher Umarmung vereint. Ihr Gatte liebte seine Stiefmutter! Liebte sie bis zum Inzest? Nein, es war ja gar keine Blutschande! Er hatte ja das Recht, sie in die Arme zu nehmen... Und selbst wenn er ahnte, wie sehr sie das schmerzte, er hatte keinen Grund, auf ihre Gefühle Rücksicht zu nehmen. Oder doch? Immerhin hatte er ihr vor dem Altar geschworen, sie zu lieben und zu ehren! Ein Geistlicher hatte ihren Bund gesegnet, ein Ehevertrag war unterschrieben worden! Ein bitteres Lächeln kräuselte Leonors volle Lippen. Wer hielt sich in dieser Welt schon an Schwüre? Nur Narren und Einfaltspinsel versuchten ein gegebenes Wort zu ehren.

Wütend wischte sie sich die Tränen aus den Augenwinkeln und stand auf. Das Kleid, dessen Taschen leer gewesen waren, rutschte auf den Boden, ohne daß sie sich darum kümmerte. Sie fror, und ihr war übel. Am liebsten hätte sie sich in das frisch gemachte Bett gelegt und die Decke über den Kopf gezogen. Wer würde sie schon vermissen?

Höchstens Monsieur Philippe, der eingebildete französische Koch, der sich zu schade war, ein paar Eier selbst in die Pfanne zu schlagen, oder Mrs. Burnes, die vielleicht dann nicht die Frage beantworten mußte, wie es möglich war, daß innerhalb eines einzigen Monats sage und schreibe 500 Bienenwachskerzen auf Wintash verbraucht worden waren. Es schien Lady Amanda auf jeden Fall bisher wichtiger gewesen zu sein, ihren Stiefsohn zu betören, als den Dienstboten auf die Finger zu sehen. Offensichtlich waren nicht allein die Spielschulden des verstorbenen Earls daran schuld, daß der Besitz vor dem Ruin stand.

Von diesen Gedanken, bis zu der übermenschlichen Anstrengung, ihr eigenes Elend tief im hintersten Winkel ihres gequälten Herzens zu verstecken, benötigte Leonor einige Zeit. Dann jedoch hatte sie sich mühevoll gefaßt. Auch wenn sie sich eben in tiefster Verzweiflung gewünscht hatte, statt ihrer Mutter oder ihres Vaters gestorben zu sein, sie war nicht tot! Und solange sie lebte, würde sie wenigstens ihre Pflicht tun. Sei es nun als Tochter Rowland Epworths oder als Leonor Croyde. Ihre persönliche Ehre und ihr Stolz erforderten es, auch wenn sie darüber fast zerbrach.

5. Kapitel

»Das ist der schönste Platz von Wintash, findest du nicht auch?«

Leonor schrak zusammen und fuhr mit dem Absatz herum. Fennimore Croyde, der junge Viscount of Feversham trat durch die schmale Steinpforte zu ihr auf die Plattform des Turmes. Es handelte sich um den letzten von ehmals vier mächtigen Rundtürmen, die früher die Burg von Wintash bewacht hatten, und niemand kümmerte sich um das leerstehende Torhaus im Nordflügel, das seinen Eingang bewachte.

»Du l-lieber Gott, hast du mich e-erschreckt«, murmelte die junge Frau und preßte die Hände auf ihre geröteten Wangen. »Ich dachte, daß ich hier v-völlig allein bin.«

»Bisher hatte ich das auch angenommen«, grinste Fenn und legte die Gegenstände, die er unter dem Arm trug auf die Steinbank neben Leonor. »Wenn du damit einverstanden bist, können wir gemeinsam allein sein.«

Trotz seines leichten Tonfalles glaubte Leonor, mehr aus dieser beiläufigen Bemerkung herauszuhören. Sie legte den Kopf ein wenig schief. Eine unbewußte Geste, die dazu führte, daß sich der blaue Himmel in ihren Augen spiegelte.

»Schließt das eine nicht das andere aus, Fennimore?« Sie hatte sich wieder gefangen und das schüchterne Stottern überwunden.

»Auf Wintash nicht«, antwortete er unverhofft ernst. »Ich weiß, wie du dich fühlst.«

»Ach ja?« Die Röte auf Leonors Wangen vertiefte sich, und sie schob mechanisch eine Haarsträhne aus der

Stirn, die sich gelöst hatte. Sie bemerkte nicht, daß Fenn die Stirn runzelte und die Augen verengte. »Wie interessant. Willst du mich aufklären, verehrter Schwager?«

»Du rackerst dich seit mehr als einem Monat ab, aus diesem Monument so etwas wie ein gemütliches Zuhause zu machen, aber niemand nimmt es auch nur zur Kenntnis. Mein sturer Bruder ist völlig zufrieden, wenn meine liebe Mama ihn anlächelt, und der Rest des Haushaltes fühlt sich gestört, weil du von ihm Arbeiten verlangst, die bisher für völlig unnötig gehalten wurden.«

Leonor schwieg ein paar Sekunden, dann zwang sie sich zu einem Lächeln. »Du irrst dich mit dem ›niemand‹. Du scheinst es doch bemerkt zu haben...«

»Du bist unglücklich...«

Das war schon keine Frage mehr, sondern eine gelassene Feststellung. Aber Leonor hatte Zeit gehabt, sich an diesen Zustand zu gewöhnen. Was immer Fennimore mit dieser Provokation bezwecken wollte, sie gab sich keine Blöße.

»Was b-bringt dich auf diesen Gedanken?« murmelte sie betont spöttisch.

»Weißt du, daß ich Maler werden möchte?« verriet er ihr überraschend.

»Ich dachte, du willst nach Oxford?« wunderte sich Leonor, froh über die unverfängliche Wendung, die das Gespräch ihrer Meinung nach genommen hatte.

»Um Kunst zu studieren. Noch lieber würde ich nach Paris oder Rom gehen... Träume! Bisher reichten die Finanzen unserer noblen Familie nicht einmal für Oxford. Wer weiß, wie lange ich noch meine dilettantischen Skizzen mache, ohne daß mir jemand sagt, wie ich es wirklich anpacken muß.«

Er reichte ihr ein Skizzenbuch, das Leonor mit zunehmendem Interesse durchblätterte. Wenn das mangelhaft sein sollte, dann ging sie ohne Widerspruch als Schönheit der Saison durch. Die Rötelzeichnungen und Aquarelle, deren Motive durchwegs im und um das Schloß zu finden waren, beeindruckten sie sehr. Der Viscount of Feversham war nicht nur begabt, er verfügte auch über einen Strich, der in kurzen Andeutungen das Wesentliche einer Person, eines Platzes oder eines Gegenstandes erfaßte.

Leonor verharrte unwillkürlich bei einer Kohleskizze, die Gervais Croyde zeigte. Einen Gervais, wie sie ihn noch nie erblickt hatte. Mit vom Wind zerzausten Haaren, lachend und voller Leben. Ihr Herzschlag geriet völlig aus dem Takt. Hatte sie sich so wenig in Gewalt, daß sie schon ein Bild außer Fassung brachte?

»Das war im vergangenen Sommer, ehe Vater starb«, erklärte der Viscount, als sei es völlig normal, daß ihre Hände, die das Buch hielten, zitterten. »Ger ist nicht der Griesgram, als den du ihn kennengelernt hast. Er hat eine Menge am Hals, seitdem er feststellen mußte, daß sein angeblich so fantastisches Erbe nur aus einem Haufen Schulden bestand. Meine Mutter ist keine besondere Hilfe in dieser unangenehmen Situation.«

Leonor lachte verlegen. Es klang unecht, aber sie konnte es nicht ändern. »Wie angenehm für deinen Bruder, daß er diese Schulden auf dem Weg über unsere Heirat so schnell losgeworden ist...«

»Du bist böse auf ihn und du hast völlig recht damit«, nickte Fennimore. »Er ist ein Dummkopf, weil er nicht sieht, was er an dir hat.«

»Dazu müßte er schon blind sein«, sagte Leonor sarkastisch. »Es fällt schwer, mich zu übersehen. Breit genug bin ich schließlich.«

Fennimore ignorierte die negative Tendenz dieser Bemerkung. »Er ist blind! Sonst würde er die vielen Dinge, die man an dir erst auf den zweiten Blick entdeckt, längst bemerkt haben«, behauptete er ernsthaft.

»Und die wären?«

»Deinen Mut, das Lachen, das viel zu selten in deinen Augen steht. Deine Wärme, deine Energie. Die Art, wie du auf den Zehen wippst, ehe du eine besonders unangenehme Arbeit anpackst. Die tausend verschiedenen Farben deiner Augen. Weißt du, daß dich dein Mund immer verrät, wenn du wütend bist? Weißt du, was ich mir am meisten wünsche? Ich möchte dich endlich einmal mit offenen Haaren sehen...«

Leonor schnappte verblüfft nach Luft. »Bist du sicher, daß mit deinem Verstand alles in Ordnung ist, Fennimore Croyde?«

»Absolut! Du meinst, weil ich mich nicht wie Ger von deinen gräßlichen Kleidern abschrecken lasse? Weil ich behaupte, daß weniger dein Aussehen als deine Frisur und deine völlig unpassenden Großmutterkleider eine absolute Katastrophe sind? Ich würde dich zu gerne mit offenen Locken malen...«

»Du meine Güte«, Leonor schwankte zwischen Lachen und Empörung. »Hör auf, dich weiter über mich lustig zu machen. Wenn du ein hübsches Modell suchst, warum zeichnest du nicht deine schöne Mutter? Unter diesen ganzen Skizzen ist keine einzige von ihr!«

»Ich überlasse es meinem Stiefbruder, Lady Amanda anzubeten.« Fenn zuckte mit den Schultern. »Vielleicht merkt er ja irgendwann in absehbarer Zukunft, daß sich hinter ihrer blendenden Fassade nur die Liebe für die eigene vollkommene Person versteckt. Sie ist so kalt wie die Meeresgischt eines Dezembersturmes!«

»Fennimore, sie ist deine Mutter!«

Leonor, die ihr Leben lang unter der vergeblichen Sehnsucht nach einer Mutter gelitten hatte, war fassungslos über die unverhüllte Abneigung, die aus den Worten des jungen Mannes sprach.

»Wenn sie sich jemals wie eine solche benommen

hätte, wäre ich eher bereit, ihr den Respekt und die Zuneigung entgegenzubringen, die ihr gebühren«, entgegnete er viel zu gelassen für den gekränkten siebzehnjährigen, den man ihm ansah. »Aber beenden wir das unliebsame Thema. Es ist pure Zeitverschwendung. Was ist nun, darf ich dich malen? Öffnest du deine Haare?«

»Entweder malst du mich so wie ich bin, oder du läßt es bleiben«, beschied ihn Leonor unfreundlicher, als sie es eigentlich vorgehabt hatte.

Sie fragte sich, was sie von seinen Worten halten sollte, und sie war dankbar, daß er nun schwieg und sich umgehend an die Arbeit machte. Nur das leise Kratzen der Zeichenkohle auf Papier unterbrach die schläfrige Stille des späten Augustnachmittages. Es war schwül. So drückend, daß sogar die Vögel darauf verzichteten, zu zwitschern. Die Ahnung eines kommenden Gewitters stand in der Luft, und Leonor öffnete den steifen Kragen ihres hochgeschlossenen Kleides, das wie immer von stumpfem Schwarz war.

Tief in ihren Gedanken versunken, sah sie über die steinerne Balustrade auf die grünen, gewölbten Kuppeln der alten Eichen, unter denen sich der Park von Wintash hinzog. Dahinter begannen die Felder, die zum großen Teil ein heckengesäumtes, bereits abgeerntetes braunes Muster aus unregelmäßigen Rechtecken und Quadraten bildeten. Dann kam die Heide, die sich bis zum Horizont dehnte, der nur eine verschwommene silberblaue Linie darstellte. Irgendwo dort lagen die steilen Felsklippen, der Strand und das Meer.

Sie war an die Enge Londons, an Häuserschluchten, Lärm und Menschen gewöhnt. Die endlose Weite vor ihren Augen ängstigte und faszinierte sie zugleich. Wintash war wie eine Insel, die hochmütig aus dieser Einsamkeit aufragte. Mit dem Herrenhaus, den Wirtschaftsgebäuden, Ställen, Vorratsschuppen und dem leicht verwilderten Park, bildete es eine Welt für sich. Ein Gemeinwesen, in das sie sich auf Befehl ihres Vaters hineingedrängt hatte.

»Einen Penny für deine Gedanken«, sagte Fenn und entlockte ihr ein leises Lächeln.

»Prosaisch, wie es einer Kaufmannstochter ansteht«, antwortete Leonor sachlich. »Ich frage mich noch immer, wie ein Mensch auf die Idee kommen kann, mitten in dieser vollkommenen Einöde ein Schloß zu bauen!«

»Du vergißt das Dorf Wintash, die Fischersiedlungen, die Pachthöfe und St. Agnes, das wir schließlich in einer Stunde mit dem Wagen erreichen.«

»Ein Katzensprung!«

»Du hast eine spitze Zunge, verehrte Schwägerin.« Der junge Viscount ließ den Stift sinken. »Aber wenn du es genau wissen willst, ich nehme stark an, daß der erste Lord Wintash – entgegen der geschönten Familienlegende – nicht viel mehr als ein Haudegen war. Er kam mit Wilhelm dem Eroberer ins Land und diesem war nach der Schlacht von Hastings sehr daran gelegen, die erbeuteten Gebiete unter seinen treuen Vasallen aufzuteilen. Cornwall ist das alte Land der Sagen, Heiligtum der Sachsen. König Artus und seine Ritter haben angeblich hier gelebt und gekämpft. Wilhelm vertraute diese Landstriche nur Männern an, auf deren bedingungslose Loyalität er sich auch verlassen konnte.«

»Das ist lange her...«

Fennimore grinste. »Stimmt! Und seitdem sich das Schmuggeln nicht mehr lohnt, können wir uns nur noch durch reiche Heiraten über Wasser halten.«

Leonor quittierte den lockeren Scherz mit einem Lächeln, das nahe an einem Grinsen war. Ihr Schwager registrierte erstaunt, daß sie Humor besaß. »Willst du mir weismachen, daß die edlen Herren von Wintash geschmuggelt haben?«

»Höchst erfolgreich sogar! Diese Klippen dort vorn sind das reinste Spinnennetz von Gängen und Höhlen. Unser Turm hier war so eine Art Kommandozentrale. Siehst du den rostigen Haken neben dem Treppenabgang? Noch zu Zeiten meines Großvaters hing dort die Laterne, mit der die Signale an die Schiffe gegeben wurden, die auf die Flut warteten. Die Zollbeamten haben nie den Geheimgang gefunden, der vom Strand bis in die Keller von Wintash führt. Eine Laune der Natur, die ein geschickter Baumeister um das erforderliche Maß verlängert und abgestützt hat. Wenn du Lust auf einen kühlen Spaziergang hast, bin ich gerne bereit, dir diese gruselige Attraktion einmal vorzuführen!«

»Du erzählst vermutlich Seemannsgarn!«

»Aber nein!« Fennimore sprach weiter, obwohl er seine Arbeit wieder aufgenommen hatte. »Diese Gegend läßt keinen Bauern reich werden. Was zur Folge hat, daß sich auch die Pachtzinsen für ihre Herren in Grenzen halten müssen. Wer, wie Großvater, ein Stadtpalais und eine anspruchsvolle Maitresse zu versorgen hatte, mußte schon wenig Fantasie entwickeln. Der Schmuggel mit französischem Brandy, mit Lyoner Seidenstoffen und mit Rotwein aus dem Bordeaux war ein lohnendes Geschäft. Als mein Vater in jungen Jahren sein Erbe übernahm, war Wintash ein gepflegter Besitz mit einem höchst respektablen Vermögen...«

»Und er hat tatsächlich alles verspielt?« Leonor konnte die erstaunte Frage nicht unterdrücken, auch wenn eine Lady keine solche Neugier zeigen sollte.

»Hat er.« Fennimore nickte nachdrücklich. »Er war auch so ungefällig, erst zu verunglücken, nachdem auch wirklich das letzte Silberstück verschwunden war.« Sein kühler Kommentar bewies deutlich, daß ihn auch mit seinem Vater keine überschwengliche Liebe verbunden hatte.

»Und Lady Amanda? Hatte deine Mutter keine Möglichkeit, ihn zu beeinflussen? Sie wird ihn doch sicher nach London begleitet haben?«

Fenn warf Leonor einen Blick unter halb gesenkten Wimpern zu. »Soweit ich weiß, hat sie das Schloß seit meiner Geburt nicht mehr verlassen. Es war wohl keine besonders glückliche Ehe, wenngleich mein Vater nie ein Wort darüber verlauten ließ. Er war selten in Cornwall... Und ehe du mich zu allem Überfluß fragst, ob ich ihn gemocht habe – er hat mir nie die Chance dazu gelassen. Er kam mir immer so vor, als sei er ständig aus unerfindlichen Gründen zornig. Als suche er nach dem schnellsten Weg alles um sich herum zu zerstören. Es ist ihm fast gelungen...«

»Und Gervais?«

Schon von seinem Bruder zu sprechen, vertrieb die Falten von Fenns klarer Stirn. »Er war bei der Armee, hast du das gewußt? Er quittierte den Dienst, als ihn die Nachricht von Vaters Tod erreichte. Das volle Ausmaß der Katastrophe haben wir alle erst von Sir Basil erfahren. Es gab kein Erbe, weder für den neuen Earl, noch für seinen Bruder oder die trauernde Witwe. Nur die drohende Versteigerung eines leicht ramponierten Familienbesitzes, Hypotheken und immense Spielschulden. Mama fiel wie üblich in Ohnmacht, und mein Bruder versuchte zu retten, was noch zu retten war...«

Leonor nickte nachdenklich. Diesen Teil der Ereignisse kannte sie. Ob Gervais ohne diese drückenden Schulden irgendwann seine schöne Stiefmutter geheiratet hätte? Die fünf oder sechs Jahre, die sie älter war, sah man ihr schließlich nicht an. Und aus ihrer Zuneigung für den Earl machte sie ebenfalls kein Geheimnis.

»Fertig!« Fennimore warf den Stift in den Holzkasten und hielt den Block auf Armeslänge von sich. Er kniff die Augen prüfend zusammen. »Möchtest du es sehen?«

Leonor zuckte mit den Achseln, in Gedanken immer noch bei der möglichen Verbindung ihres Gatten mit Lady Amanda. Nur so war es zu erklären, daß sie die Skizze leidenschaftslos betrachtete, ohne die dargestellte Person erst mit sich selbst in Zusammenhang zu bringen.

Ihr Schwager hatte die Konturen ihres Gesichtes mit Kohle schraffiert und lediglich Augen, Nase und den Mund detailliert ausgearbeitet. Das Antlitz schwebte auf der biegsamen, nur angedeuteten Säule eines schlanken Halses und auch die Haare verloren sich im Hintergrund. Große, klare Augen schauten den Betrachter an, und in den Mundwinkeln schwebte die winzige Andeutung eines versteckten Lächelns. Die amüsierte Fremde war nicht so makellos perfekt wie Lady Amanda, aber gerade die kleinen Unvollkommenheiten verliehen dem Antlitz Charme. Die zu weit auseinanderstehenden Augen, die kerzengerade Linie der Nase, und der herausfordernde Mund mit der vollen Unterlippe waren auf pikante Weise außergewöhnlich und sogar ansprechend.

»Das soll ich sein?«

Ihre unverhohlene Verblüffung amüsierte den Viscount.

»Natürlich, meine Liebe. Willst du bestreiten, daß das deine Augen, deine Nase, dein Mund sind?«

»N-nein, a-aber so s-sehe ich nicht aus...« Wie immer, wenn Leonor verwirrt war, hatte sie Mühe, die richtigen Worte zu finden.

»Genauso siehst du aus!« wiederholte Fennimore ihre Worte. »Falls du einmal diese schreckliche Frisur änderst, ein vernünftiges Kleid anziehst und vielleicht nicht versuchst, dich mit Pralinés und überflüssigem Essen zu trösten, sobald du unglücklich bist!«

Gefangen von der Möglichkeit, die er andeutete, sah Leonor genauer hin. Dann jedoch siegte ihr gesunder Menschenverstand, und sie lachte auf. »Du bist ein schlimmer Schmeichler! Trotzdem danke ich dir für deine gute Absicht. Es ist nett von dir, daß du die bescheidenen Einzelteile meines Gesichtes so vorteilhaft neu zusammensetzt!«

»Du täuschst dich. Ich habe lediglich gezeichnet, was vorhanden ist...«

Leonor erhob sich und strich gereizt die schweren Falten ihres Rockes über den steifen, viel zu warmen Unterröcken zurecht. Wozu ein Thema diskutieren, über das sie beide so unterschiedliche Meinungen hatten, und das im Endeffekt zu nichts führte?

»Zumindest weiß ich jetzt, daß unter deiner Sturmfrisur eine lebhafte Fantasie vorhanden ist.« Sie atmete tief durch. »Laß es gut sein, Fennimore! Ich werde jetzt wieder gehen. Mrs. Burnes erwartet mich, damit wir gemeinsam das Musterbuch für die neuen Sesselbezüge in der Bibliothek durchsehen. Sie meinte, dein Bruder würde es schätzen, wenn wir den gleichen Stoff wie bisher verwenden. Ich hoffe nur, daß wir ihn finden. Dem Zustand des Samtes nach wurde er vor mindestens einhundert Jahren aufgebracht, und die Originalfarbe kennt höchstens noch das Hausgespenst!«

Die Antwort des Viscount ging im ersten dumpfen Donnerschlag unter, der das nahende Gewitter verkündete. Von der Landseite näherte sich eine blauschwarze Wolkenbank, und er beeilte sich, seine Stifte und seinen Zeichenblock vor dem schlagartig einsetzenden Wind in Sicherheit zu bringen. Er eilte hinter Leonor die steile Steintreppe hinab, nur darauf bedacht, daß Haupthaus vor dem Regen zu erreichen.

6. Kapitel

Obwohl sich das Gewitter mit furioser Gewalt ausgetobt hatte und auch am Abend noch Regengüsse die Grenze zwischen Küste und Himmel verschwimmen ließen, war zwischen den dicken Mauern von Wintash noch die erdrückende Schwüle des vergangenen Sommertages gefangen. Das Diner, zu dem sich sogar Lady Amanda in das Speisezimmer begeben hatte, zog sich einmal mehr endlos hin.

Leonor stocherte lustlos in dem Lammbraten herum und würdigte nicht einmal die Minzesoße, auf die der Koch so besonders stolz war. Es war unerträglich stickig im Raum. Am liebsten hätte sie eines der Fenster ganz weit aufgemacht und frische Luft hereingelassen. Das warme Essen, die Hitze der Kerzen und nicht zuletzt die erstickende Last der sechs Lagen Flanell, Perkal und gestärkten Musselins, die für die vorgeschriebene Ballonform ihres steifen, schwarzen Atlaskleides nötig waren, beeinträchtigten ihren sonst so unverwüstlichen Appetit.

Auch Lady Amanda, die ein duftiges, cremefarbenes Organdykleid mit geradem Ausschnitt trug, das mit zarten Rosenblüten bestickt war, kostete lediglich ein paar winzige Häppchen, ehe sie das schwere Silberbesteck zur Seite legte und sich mit unnachahmlicher Grazie die Lippen mit einer Serviette abtupfte. Dann richtete sie ihren funkelnden Blick auf die junge Frau.

»Du ißt so wenig, meine Liebe? Ist dir nicht gut? Ich mache mir Sorgen um deine Gattin, Gervais! Findest du nicht, daß sie krank aussieht?«

Obwohl alles im Ton aufrichtigster, sanftester Anteilnahme vorgebracht wurde, zuckte Leonor schuldbewußt zusammen. Ihre Gabel klirrte gegen das kostbare Porzellan, und als sie den Fehler wieder gut zu machen versuchte, indem sie die Hand hastig zurücknahm, stieß sie gegen das halbgefüllte Weinglas. Ein paar Tropfen Rotwein spritzten auf die Tischdecke und Lady Amanda lachte perlend auf.

»Nein, mach dir keine Vorwürfe, liebe Leonor. So was kann jedem mal passieren. Ich nehme an, Mrs. Burnes weiß, wie sie Rotweinflecken beseitigt...«

Leonor hatte das Gefühl, so rot wie die Flecken zu werden, und es lag ein gewisser Trost in der Bewegung, mit der sie ein paar Fingerspitzen Salz auf die Flecken gab, damit die Haushälterin bei eben dieser Beseitigung keine Probleme hatte. Warum, zum Kuckuck, kam sie sich in Lady Amandas Gegenwart stets wie ein Trampel vor?

»Krank?« Der Earl von Wintash überging das häusliche Mißgeschick. Er runzelte die Stirn und betrachtete seine ungeliebte Frau. Die pflichtbewußte Sorge, die er für jeden aufbrachte, der unter seinem Dach lebte, zwang ihn zu einer genaueren Musterung.

Die Verlegenheit hatte einen rosigen Schimmer auf Leonors Gesicht zurückgelassen und belebte die normalerweise so ausdruckslosen, hellen Augen. Sie sah sehr jung, sehr verletzlich und sichtbar unglücklich aus. Für einen Moment fühlte er den absurden Wunsch, sie zu beschützen.

»Wenn du dich nicht wohl fühlst, Leonor, werde ich morgen nach dem Doktor schicken«, bot er an.

»D-danke, d-das ist nicht nötig«, stammelte sie tonlos, von seiner plötzlichen Anteilnahme völlig entwaffnet. »Ich – äh – es ist n-nur die Hitze...«

»Wie schade«, lächelte Lady Amanda unschuldig. »Ich hatte für einen himmlischen Augenblick lang schon den Eindruck, du willst uns ein süßes Geheimnis verraten!«

Die anfängliche Ahnungslosigkeit auf Leonors Gesicht

wich binnen weniger Herzschläge tödlicher Blässe, als sie begriff, was Lady Amanda andeuten wollte. Ein Kind? Wußte sie nicht, daß Gervais sie mied? Oder war sie darüber informiert und amüsierte sich auf ihre Kosten? Wenn ihr nur eine schnelle, schlagfertige Antwort eingefallen wäre! So jedoch begann sie nur, in tödlicher Verlegenheit ihre bisher verschmähte Mahlzeit zu zerkleinern.

Fennimore, der vergeblich darauf gewartet hatte, daß Mylord Wintash die zweideutigen Spötteleien auf Kosten seiner Gattin unterband, warf temperamentvoll seine Serviette auf den Tisch. »Wenn du wie Leonor in diesen schwarzen Gewändern schmoren würdest, liebe Mama, wärest du sicher schon drei- bis viermal heute abend in Ohnmacht gesunken!«

Der Blick, den Lady Amanda ihrem Sohn zuwarf, hätte genügt, um Leonor gründlich abzukühlen. Da sie den Scheitel jedoch nur noch tiefer über ihren Teller senkte, entging ihr der kurze, stumme Austausch von Feindseligkeiten. Auch daß der Junge den Kürzeren zog und in mürrisches Schweigen versank, bemerkte sie nur am Rande. Obwohl es ihr nicht sonderlich schmeckte, ließ sie sich ein zweites Mal auftun. Solange sie aß, verlangte niemand von ihr, daß sie mit Lady Amanda höfliche Konversation machte.

Der Earl nahm die doppelte Portion mit leicht erhobenen Brauen zur Kenntnis und seine vorübergehende Freundlichkeit verflüchtigte sich sofort. Mußte seine junge Gemahlin wie ein halb verhungerter irischer Tagelöhner essen? Besaß sie denn nicht den Hauch von Stil und damenhafter Zurückhaltung? Warum nahm sie sich kein Beispiel an seiner Stiefmutter?

Sensibel, wie sie für alles war, was ihren Gatten betraf, spürte Leonor sehr wohl seinen Stimmungsumschwung. Sie wußte selbst, wie ungünstig der Vergleich von Lady Amanda zu ihr ausfiel. In diesem Moment hätte sie bedenkenlos ihre eigene Seeligkeit für ein Lächeln von Gervais Croyde gegeben, wenigstens für einen kleinen Funken eingebildeter Sympathie. Alles, nur nicht diese höfliche, distanzierte Maske, hinter der er meisterhaft seine Geringschätzung und Abneigung verbarg.

Sie floh aus dem Eßzimmer, sobald es die Höflichkeit irgendwie zuließ. Sie stürmte förmlich die breite Holztreppe mit den geschnitzten Weingirlanden hinauf, über die man die Räume im ersten Stock erreichte. Aber so schnell sie auch lief, es war nicht eilig genug, um dem vergnügten, silberhellen Lachen zu entkommen, mit dem Lady Amanda eine Bemerkung ihres Gatten quittierte, die sie offensichtlich belustigt hatte. Wie sie lachen konnten, diese beiden, kaum daß sie die Fremde los waren, die wie ein nicht eingeladener Gast bei ihnen saß.

Mit einem erleichterten Seufzer ließ sich Leonor von Jane aus dem von Fenn so herb kritisierten Gewand helfen. Ihre modischen Vorstellungen waren vom eher hausbackenen, prüden Geschmack Miß Mcintoshs und dem eigenen kritischen Blick in den Spiegel geprägt worden. Sie bevorzugte praktische Kleider von dezenter Farbe, die keine Aufmerksamkeit auf ihre gedrungene Figur lenkten. Hochgeschlossene Uniformen fast, die an das Internat erinnerten, in dem sie ihre Ausbildung vervollständigt hatte. Bisher hatte niemand an dieser Art, sich zu kleiden, Anstoß genommen. Lediglich ihr Brautkleid war eine Ausnahme gewesen. Die einzige Robe, um die sich ihr Vater jemals persönlich gekümmert hatte, und sie war erleichtert gewesen, das Prunkgewand ausziehen zu können.

Leonor blinzelte, um die drohenden Tränen zu unterdrücken. Mehr denn je wünschte sie sich in diesem Moment, eine Mutter, zu der sie mit all den drängenden Fragen, die sie bewegten, hätte fliehen können.

Aber da war nur die kleine Zofe, die ihr nagelneues Amt mit der Würde und dem Eifer eines ehrgeizigen Generals versah. Sie hüllte Leonor in einen leichten Seidenmantel und begann die Nadeln aus ihrer Frisur zu ziehen, sobald sich die junge Frau auf dem gepolsterten Hocker vor dem Frisiertisch niedergelassen hatte. Dann lockerte sie die Strähnen und begann die Wolke der Haare mit energischen Bürstenstrichen zu kämmen, bis sie knisterten und flogen.

Unter der gleichmäßigen Massage entspannte sich ihre Herrin, ohne daß es ihr bewußt wurde. Sie gab der Müdigkeit nach, die sie schon den ganzen Tag gefühlt hatte. Das seidige Material des smaragdgrünen Hausmantels war wie ein Streicheln auf ihrer Haut. Es war ein luxuriöses, elegantes Kleidungsstück, das eigentlich nicht zu ihrer üblichen Ausstattung paßte. Es hatte ihrer Mutter gehört, und daß Jane an diesem Abend ausgerechnet diese Robe gewählt hatte, glich einem Wink des Schicksals.

Bei der Suche nach Reisekoffern war ihr in einer Ecke des staubigen Speichers am Kensington Square die vergessene kleine Truhe mit den wenigen Besitztümern Susannah Epworths in die Hände gefallen. Ihre Neugier nachgebend, hatte sie den Deckel geöffnet und ehrfürchtig die vergessenen Relikte ihres Lebens durchgesehen. Ein paar nichtssagende Briefe an Verwandte in Irland. Wenige, längst aus der Mode gekommene schmale Kleider mit hoher Taille, ein verblichener Spitzenschal und eben dieses weite Negligé. Ohne ihren Vater von diesem Fund zu unterrichten, hatte Leonor die letzten beiden Dinge an sich genommen.

Auf der tiefgrün glänzenden Unterlage der Seide bauschten sich Leonors Haare bis weit über die Schulterblätter hinab. Die beiden sechsarmigen Leuchter, die zu beiden Seiten des Spiegels brannten, zauberten rötliche

Reflexe über die schimmernden Strähnen, und Jane machte geradezu ehrfürchtig den letzten Bürstenstrich.

»Nicht einmal Lady Amanda hat so schöne Locken«, platzte sie mit ihren Gedanken heraus. »Ich würde Ihnen zu gerne einmal eine andere Frisur machen.«

Leonor wandte ihre Aufmerksamkeit dem Spiegel zu und konnte nichts Außergewöhnliches an ihrer Erscheinung entdecken. Leider. Vielleicht war das der Grund, warum sie dem Drängen Janes überraschend nachgab.

»Du kannst es morgen früh ja einmal ausprobieren, wenn du glaubst, daß es mich um so vieles hübscher macht. Aber jetzt genügt mir ein Band, damit mir die Haare nicht ins Gesicht fallen.«

Jane triumphierte und gab sich größte Mühe, das smaragdfarbene Band, das sie eben für diesen Zweck schon organisiert hatte, möglichst dekorativ zwischen die Lokkenflut zu winden. Leonor wußte nicht, daß sie zum Streitpunkt zwischen Jane und der hochnäsigen Miß Biddles geworden war. Lady Amandas Zofe hatte bisher als uneingeschränkte Autorität in Sachen Mode und Schönheit auf Wintash gegolten.

Aus der Sicherheit dieser Position heraus, hatte sie es im Dienstbotenzimmer auch gewagt, die Erscheinung der neuen Lady Wintash mit einigen sehr herben Kommentaren zu belegen. Und Jane hatte zu ihrer eigenen Überraschung entdeckt, daß sie ihre bescheidene und leise Herrin bereits ins Herz geschlossen hatte. Ja, daß es sie verdroß, wenn ausgerechnet Penelope Biddles es wagte, sie so unverschämt und arrogant zu kritisieren.

Es war leicht, einer Lady zu dienen, die zweimal im Jahr die erste Schneiderin von St. Agnes so lange tyrannisierte, bis die neue Garderobe auch im letzten Schleifchen den eleganten Kreationen entsprach, die im ›Ladys Journal‹ vorgestellt wurden. Aus einer zwar liebenswürdigen aber reizlosen Dame eine elegante Erscheinung zu machen, das war allerdings wahre Zofenkunst. Jane hatte sich ehrgeizig geschworen, Penelope Biddles auszustechen, und Leonor sollte ihr ahnungslos dabei helfen.

Ihre Herrin indes würdigte diese Bemühungen wenig. Sie sah kaum in den Spiegel, als sie aufstand. Sie beantwortete Janes freundlichen Gute-Nacht-Gruß eher zerstreut und betrat das Schlafzimmer, wo sie sich auf der kleinen Chaiselongue niederließ, die halb vor dem Kamin stand. In Anbetracht der Jahreszeit war die Feuerstelle mit einem reich geschmückten Kaminschirm abgeschlossen. Sein bemalter Schild zeigte das Wappen der Wintash, das von allegorischen Tierfiguren, in erster Linie Löwen, umgeben war.

Obwohl sie sich müde und erschöpft fühlte, wußte sie, daß sie kein Auge zutun würde. Vielleicht sollte sie ein wenig lesen? Zu Hause hatte das gegen ihre Schlaflosigkeit geholfen. Irgendwo schlug eine Uhr klingend elfmal. Ob sie es noch wagen konnte, sich in der Bibliothek ein Buch zu holen? Um diese Zeit waren alle anderen sicher längst zu Bett gegangen. Außer dem Glockenschlag drang kein Laut an ihr Ohr, als sie vorsichtig die Tür zum Gang öffnete und hinauslauschte, ehe sie hinunterging.

Die Öllampen, die in den Hauptgängen von Wintash die ganze Nacht über brannten, spendeten ein schattenreiches, diffuses Licht, das aus jedem Möbelstück ein Ungeheuer machte. Leonor dachte sehnsüchtig an die modernen Gaszylinder, die das Haus ihres Vaters in Helligkeit getaucht hatten. Bis in diese Ecke von Cornwall waren die modernen Zeiten indes noch nicht vorgedrungen.

Sie huschte über die Haupttreppe in die große Halle hinunter zur Bibliothekstür und schlüpfte schnell in den großen Raum. Zu ihrer Überraschung brannte auf dem

Kaminsims noch ein Leuchter. Ehe sie jedoch wieder fliehen konnte, erhob sich aus einem der Sessel im Hintergrund des Raumes eine hohe Gestalt. Gervais Croyde. Ihr Gatte.

Befangen versuchte sie, ihre Störung zu entschuldigen, während sie gleichzeitig mehrere Einzelheiten auf einmal wahrnahm. Zum einen war die Branntwein-Karaffe, die neben ihm auf dem Tisch stand, zur Hälfte leer. Zum anderen bemerkte sie die ungewohnte Lässigkeit seiner äußeren Erscheinung. Er hatte das Jackett abgelegt, die Halsbinde gelöst und einige Knöpfe des feinen Batisthemdes geöffnet. Die normalerweise korrekt gekämmten Haare fielen ihm in die Stirn, und daß er die flachen Escarpins ausgezogen hatte und in Socken vor ihr stand, entlockte Leonor ein unbewußtes Lächeln.

Für ein paar Herzschläge lang standen sie sich schweigend gegenüber, jeder vom anderen überrascht. Im ersten Moment hatte Mylord Wintash die junge Frau sogar für eine Fremde gehalten. Die glänzenden Falten tiefgrüner Seide fielen in altmodischem Empirestil von ihren Schultern schräg und ohne die Figur zu betonen zu Boden. Lediglich ein gleichfarbiges Band unter dem Busen hielt den Stoff und enthüllte in spitzem, tiefem V den Ansatz eines makellosen Busens. Eine rötlichschimmernde Locke lag auf der alabasterweißen Haut und betonte ihre durchsichtige Reinheit.

Er mußte sich geradezu zwingen, den Blick zu heben, um den angstvoll aufgerissenen, großen Augen zu begegnen. Grünlich schimmernd und zutiefst erschreckt, beherrschten sie das ovale Antlitz Leonors. Die feinen Locken, die Jane unter dem Band herausgezupft hatte, milderten das strenge Oval ihres Gesichtes und unwillkürlich bemerkte er die volle, bebende Unterlippe.

»Meine Gemahlin«, murmelte er ein wenig undeutlich. »Welche Überraschung. Womit habe ich diesen unerwarteten Besuch verdient?«

Wenngleich Leonor ihren Vater nie betrunken erlebt hatte, begriff sie, daß die fehlende Hälfte der Brandy-Karaffe Gervais in diesen ungewöhnlichen Zustand versetzt haben mußte. Und obwohl ihr die Vernunft sagte, daß sie sich mit einer Entschuldigung zurückziehen sollte, blieb sie stehen und sah ihn an, während er nähertrat und eben jene Haarsträhne anhob, die so provozierend auf ihrem Dekolleté lag.

»E-es tut m-mir leid, ich w-wollte dich nicht stö-ren. Ich wollte m-mir nur ein B-Buch holen...«, stammelte sie verwirrt und hielt unwillkürlich den Atem an.

»Ein Buch?« wiederholte er. »Vermutlich Hexensprüche, was? Oder mit welchem Zauber hast du dich heute abend plötzlich aus der faden Jungfer in eine herausfordernde Sirene verwandelt? Genügt dir nicht, was du schon besitzt, willst du auch noch als Frau über mich triumphieren?«

Es schien, als laufe ein magnetischer Strom von seinen Fingerspitzen durch die Haare, bis in ihr Gehirn hinein. Eine Kraft, die ihren Herzschlag beschleunigte und zugleich ungewohnte Schwäche durch ihre Glieder schickte. Mühsam zwang sie sich zu Besonnenheit. Keine Silbe von all dem, was sie gelernt hatte, war geeignet, ihr in dieser ungewöhnlichen Situation zu helfen.

»Ich verstehe nicht, was du meinst«, wisperte sie. »Vielleicht ist es besser, du läßt den Brandy in Frieden und gehst zu Bett?«

Die Aufregung, die sie nur mangelhaft unterdrückte, färbte ihre Wangen und tönte ihre Haut rosig. Gervais verengte die Lider. War er tatsächlich schon so betrunken, daß ihm sein Hirn Trugbilder vorgaukelte?

Er umfaßte Leonors Schultern. Nein, sie fühlte sich

sehr wirklich an. Warm, fest und zugleich verführerisch weich, als er sie heftig an sich zog. Ein zarter Duft nach Hibiskus stieg aus ihren Haaren auf und hüllte ihn ein, so daß er den Kopf senkte und die Wange auf die duftigen Locken legte. Sie waren ein unerwartet lebendiges Kissen aus feinstem Seidengespinst.

Leonor hielt ganz still. Zum Teil aus Scheu, zum Teil aber auch, weil die Fülle der verschiedensten Empfindungen, die sie alle auf einmal durchliefen, ihrer ganzen Aufmerksamkeit bedurften. Noch nie war sie einem Manne so nahe gewesen, daß sie seinen Atem zwischen ihren Haaren gefühlt und die Bewegung seiner elastischen Muskeln unter ihren Fingerspitzen wahrgenommen hatte.

Die flachen Hände gegen seine breite Brust gepreßt, war sie in dieser Umarmung gefangen. Was war in Gervais gefahren? War es der Einfluß des Alkohols, unter dem er sich aus dem brüsken Fremden in einen verführerischen Gatten verwandelt hatte? Was auch immer es sein mochte, Leonor dachte gar nicht daran, Widerstand zu leisten. Zu sehr ähnelte die unverhoffte Situation jenen romantischen Träumen, die sie sich bei Tageslicht so energisch verbot.

Irgendwo tief in ihr fand dieser starke Männerkörper, an den sie so rücksichtslos gepreßt wurde, ein hingebungsvolles Echo. Ganz instinktiv schlangen sich ihre Hände um seine Schultern. Sie hob das Gesicht, nicht ahnend, daß ihre Augen wie zwei leuchtende, helle Smaragde auf ihn gerichtet waren und zwischen den rosigen Lippen der Glanz perlweißer, ebenmäßiger Zähne schimmerte.

Ihre Bewegung spannte die elegante Kurve des Halses und weitete unwillkürlich den lockeren Ausschnitt des Hausmantels, der für eine weit zierlichere Frau gemacht worden war. Die zarten Spitzen eines sommerlichen

Nachtgewandes waren zu sehen. Das üppige Halbrund der Brüste, die sich gegen ihn drängten und deren runde Knospen Gervais durch den Batiststoff seines eigenen Hemdes erregend deutlich spürte.

Gervais Croyde betrachtete dieses fremdartige, erwartungsvolle Antlitz, das ihn zu seinem eigenen Erstaunen wie magisch anzog. Verblüfft registrierte er gleichzeitig den unmittelbaren Aufruhr seiner Sinne. Schweigend, langsam, geradezu andächtig senkte er seinen Mund auf ihre leicht geöffneten Lippen, bis zum letzten Moment darauf gefaßt, daß sie sich mit einem Aufschrei von ihm befreien würde.

Aber Leonor war viel zu fasziniert, zu gebannt und zu neugierig, um ihn zurückzustoßen. Sie schmeckte das leichte Brandyaroma seines Kusses, der zugleich sanft und fest zu sein schien. Sie erwiderte zaghaft den leisen Druck der zärtlichen Lippen. Es war so berauschend, wie sie sich die Wirkung des Alkohols vorstellte. Sie fühlte, wie sein Kuß drängender wurde, das Echo in ihrem eigenen Körper feuriger.

Die erstaunliche Mischung aus ahnungsloser Unschuld und natürlicher Leidenschaft, war nicht dazu angetan, Lord Wintash zur Vernunft zu bringen. Im Gegenteil. In seinem Zustand hatte es den Anschein, als wäre es höchst selbstverständlich, in diesen liebevollen Armen Vergessen zu suchen. Er sah die hastig pochende Ader am Hals seiner Gattin und die Anbetung in ihrem Blick. Warum all diese Köstlichkeiten meiden, die ihm nach Gott und dem Gesetz zustanden?

Es gab irgendwo einen Grund dafür, aber der wollte ihm im Augenblick nicht einfallen, und er fand es müßig, darüber nachzugrübeln. Er hatte Besseres zu tun. Seine Hände glitten über die schmiegsamen Formen des jungen, nachgiebigen Körpers und sachte drängte er Leonor zu einem Diwan, der im Hintergrund des Raumes stand.

Sie leistete keinen Widerstand. Nur ein winziger Seufzer entschlüpfte ihren Lippen, als er sie auf die Polster drängte und den Mantel vorsichtig über ihre Schultern streifte.

Die Welt um Leonor versank. Einem Kieselstein gleich, der in die wirbelnde Gischt eines Wasserfalles taucht, gab sie sich den Gefühlen, Händen und Lippen hin. Sie spürte den kühlen Luftzug auf ihrer bloßen Haut, die schmeichelnden Finger ihres Gatten, die jetzt ebenso zärtlich waren, wie sie bisher grob und abwehrend gewesen waren.

»Du bist schön«, murmelte er heiser. »Warum versteckst du dich unter all diesen düsteren G-Gewändern...« Nur eine leichte Unsicherheit der Sprache verriet, daß er wesentlich mehr getrunken hatte, als für ihn gut war. Sie vergaß es sofort wieder, als er die rosafarbenen Spitzen ihres Busens liebkoste und den Kopf senkte, um sie auf höchst erotische Weise zu küssen.

Seine Worte ebenso wie seine Taten bestätigten Leonor darin, daß sie träumen mußte. Aber es war ein so wundervoller Traum, daß sie nichts tat, ihn zu beenden. Wohin auch immer diese Begegnung führen würde, sie konnte endlich der Liebe nachgeben, die sie für Gervais Croyde fühlte, seit sie ihn zum ersten Mal erblickt hatte.

Doch die Tatsache, daß ihr Gatte, langsam schwerer werdend, mit dem Kopf zwischen ihre Brüste gesunken war und die Küsse ein Ende gefunden hatten, weckte sie aus ihrer lustvollen Benommenheit. Irritiert blinzelte sie nach unten, ein wenig beschämt über die ungewohnte eigene Nacktheit. Dann jedoch sah sie die geschlossenen Augen Gervais', registrierte die gleichmäßigen Atemzüge, die seinen Brustkorb hoben und senkten.

Ein empörter Laut entschlüpfte ihr. Er schlief! Wahrhaftig, er lag da wie ein kleiner Junge und schlief tief und fest! Was sollte sie tun?

Noch während sie fassungslos darüber nachgrübelte, kam ihr die peinliche Lächerlichkeit ihrer Lage zu Bewußtsein. Da lag sie nun in höchst kompromittierendem Zustand in der Bibliothek, auf sich einen schlummernden Ehemann, den nicht einmal das eigene Begehren wach gehalten hatte. Lag es daran, daß sie zu reizlos war, oder durfte sie in diesem Falle dem Brandy die Schuld geben?

Ach, warum wußte sie so wenig über Männer? Im Augenblick half es ihr wenig, daß sie auf französisch, italienisch und englisch über die neuesten Entwicklungen auf dem Wirtschaftsmarkt plaudern konnte. Niemand hatte ihr jemals gesagt, was eine Ehefrau mit einem ziemlich angetrunkenen, halb ausgezogenen Gatten macht, der sie durch sein beträchtliches Gewicht zwischen dem Diwan und sich selbst einklemmt.

Beschämt und entrüstet zugleich, versuchte sie wenigstens das zu ändern. Sie stemmte sich mit aller Kraft gegen ihn. Der Earl gab einen brummenden Schnarchton von sich und rollte sich unwillig auf den Polstern zusammen. Leonor schlüpfte aus seinen Armen und zog hastig Nachthemd und Morgenmantel wieder über die Schultern. Nachdem sie das Band unter dem Busen wieder verknotet hatte, fühlte sie sich eher der Lage gewachsen.

Was sollte sie tun? Ratlos strich sie sich mit beiden Händen die Haare aus der Stirn. Seinem Kammerdiener Bescheid sagen? Nein, das würde den ganzen Haushalt alarmieren und nur Grund zum Klatsch geben. Und vielleicht – eine winzige Hoffnung zauberte ein entzücktes Lächeln in ihre Mundwinkel – war ja doch nicht nur der Alkohol daran schuld, daß er sich ihr genähert hatte. Möglicherweise war er inzwischen selbst zu der Ansicht gekommen, daß es tatsächlich unnötig war, daß sie sich gegenseitig mieden. Daß ihre Heirat eine Tatsache war, die einfach feststand. Unter Umständen war die hitzige

Annäherung von heute abend sogar der Beginn ihrer wirklichen Ehe!

Nein, niemand sollte wissen, daß sie sich fast geliebt hätten. Nachdem sie diesen Entschluß getroffen hatte, handelte sie, ohne zu zögern. Sie wagte, den Kopf ihres Gatten leicht anzuheben, damit sie ihm ein Kissen darunter schieben konnte. Die Berührung seiner dunklen Locken weckte von neuem die Erinnerung an die intimen Zärtlichkeiten, die sie eben getauscht hatten, aber sie rief sich mit allem Nachdruck zur Ordnung. Dann breitete sie noch eine Decke über ihm aus, die neben dem Kamin auf einem Hocker lag. Mehr konnte sie nicht mehr für ihn tun.

Es fiel ihr schwer, den Raum zu verlassen, doch nach einem letzten, scheuen Kuß, den sie auf seine entspannte Stirn drückte, ging sie. Ohne das zuvor gesuchte Buch, aber mit übervollem Herzen. Fast beneidete sie den Earl um seinen tiefen Schlummer. Wie sie selbst Ruhe finden sollte, so aufgewühlt wie sie war, konnte sie indes nicht sagen.

Um so dankbarer entdeckte sie in ihrem Schlafgemach, daß Jane wohl noch einmal da gewesen sein mußte. Auf dem Tischchen neben dem Pfostenbett stand auf einem kleinen Silbertablett ein Glas Milch, das sogar noch ein wenig warm war. Leonor nahm einen Schluck und schmeckte den Honig, der den Nachttrunk würzte. Wie aufmerksam von Jane! Das Getränk tat seine Wirkung, sie schlief sofort ein, kaum daß sie die letzte Kerze neben dem Glas gelöscht hatte.

7. Kapitel

Das grelle Licht fiel durch die sich öffnenden Vorhänge und schmerzte in den Augen. Leonor schloß geblendet die Lider. Sie drückte sich, Schutz suchend, tiefer in die Kissen des Bettes. Die leisen Geräusche im Raum verrieten ihr, daß Jane ihren morgendlichen Dienst versah und der neue Tag begonnen hatte. Mit dieser Erkenntnis setzte auch die Erinnerung wieder ein. Die Erinnerung im Verein mit einer äußerst schmerzhaften Migräne.

Offensichtlich hatte sie doch nicht so gut geschlafen, auch wenn sie sich weder an unruhige Träume, noch an Unterbrechungen erinnern konnte. Sie fühlte sich zerschlagen, alle Glieder taten ihr weh, und eine leise Übelkeit stieg in ihr hoch, als sie sich tapfer aufzusetzen versuchte.

»Guten Morgen, Mylady!« strahlte Jane und rückte das Tablett mit der Teetasse näher.

Leonor wehrte ab.

»Danke, ich möchte keinen Tee! Ich fühle mich, als ob ich keinen Tropfen hinunterbringe...«

Sie massierte sich die Schläfen mit den Fingerspitzen. Es war fast so, sagte sie sich innerlich mit einem Anflug von Galgenhumor, als strafe sie der Himmel persönlich für all die reizvollen und wundervollen Empfindungen, die sie gestern in den Armen ihres Gatten entdeckt hatte. Wenn es nicht der eigene Mann gewesen wäre, hätte sie noch eine gewisse moralische Gerechtigkeit in dieser Sühne entdeckt und sich gefügt. So jedoch fand sie es schlicht ärgerlich, so alltäglich wieder auf dem Boden der Tatsachen zu landen.

An diesem Morgen war sie weit davon entfernt, sich so

weiblich und schön zu fühlen wie am Abend zuvor. Da drängte sich schon eher der Vergleich mit einem gestrandeten Wrack auf.

Inzwischen hatte die tüchtige Jane bereits ein feines Batisttuch mit Lavendelwasser getränkt und tupfte ihrer Herrin fürsorglich die Stirn ab. Der beruhigende Duft half tatsächlich ein wenig, und Leonor beschloß, ihre Schwäche zu ignorieren und aufzustehen. Jane indes nützte die Tatsache, daß sie sich, tief in Gedanken versunken, von ihr ankleiden und frisieren ließ.

Allein, wenn sie auf einen Kommentar oder ein Lob für ihre Bemühungen gehofft hatte, so wurde sie ein weiteres Mal enttäuscht. Leonor war so geistesabwesend, daß sie weder die neue Frisur, noch die unmerklichen Änderungen an ihrem dunkelvioletten Gewand richtig wahrnahm. Dabei wirkte die duftige Lockenfrisur, die Jane geschickt aufgetürmt hatte, wahre Wunder. In weichen Wellen umrahmte sie das plötzlich viel schmaler wirkende Gesicht. Der cremefarbene Spitzenkragen, den die Zofe aus einem der zahllosen Unterröcke des Hochzeitskleides geschneidert hatte, milderte die Strenge des schlichten Kleides und brachte den Blauton des Stoffes viel besser zur Geltung. Sie hätte zudem gerne eines der kleinen Rouge-Döschen gehabt, denen Lady Amanda die Frische ihres Teints verdankte, aber unter den Besitztümern von Lady Wintash war nicht das kleinste Schmink-Utensil gewesen.

Trotzdem genügten die Veränderungen bereits, daß Fennimore, der allein über seinem Frühstück saß, erstaunt aufsah, als Leonor eintrat.

»Guten Morgen, meine Liebe! Wenigstens du läßt mich nicht im Stich. Eine neue Frisur? Wundervoll, ich wußte doch, daß du schöne Haare hast!«

Nicht ganz bei der Sache, erwiderte Leonor den Gruß und überhörte das Kompliment.

»Bin ich so spät?« erkundigte sie sich mit Blick auf die leeren Stühle.

»Nein«, beruhigte sie der Viscount Feversham. »Aber meine Mutter zieht es heute vor, in ihren Räumen zu frühstücken, und Gervais scheint gestern ein wenig zuviel Brandy erwischt zu haben. Er machte vor einer Stunde den Eindruck, als wäre er aus Versehen zwischen zwei Mühlsteine geraten. Ich nehme an, er versucht seinen Kopf erst einmal an der frischen Luft zu klären.«

»Er ist schon fort?«

Fennimore versuchte, sich einen Reim auf das Bedauern zu machen, daß er aus ihrer Stimme herauszuhören glaubte. Bisher hatte er stets den Eindruck gehabt, daß Leonor ihrem Gatten nach Möglichkeit aus dem Weg zu gehen versuchte. Was mochte diese Einstellung geändert haben?

»Ja. Aber wenn du wissen willst wohin, muß ich passen. Vermutlich steckt er bei irgendwelchen Pächtern. Nach Vaters Tod mußte er den Gutsverwalter entlassen und sich selbst um alle Notwendigkeiten kümmern. Möchtest du ein wenig Tee? Du ißt ja gar nichts...«

Leonor schob den leeren Teller von sich.

»Vermutlich habe ich mir den Magen verdorben«, murmelte sie und trank den angebotenen Tee. Danach fühlte sie sich ein bißchen frischer, wenngleich die Kopfschmerzen mit unveränderter Intensität hinter ihrer Stirn tobten.

»Beim gestrigen Abendessen«, nickte Fenn verständnisinnig. »Das begreife ich. Es kann einem normalen Menschen wirklich auf die Magennerven schlagen, wenn man sieht, wie Gervais meine Mutter vergöttert. Es ist mir ein Rätsel, daß er auf das Spielchen der hilfsbedürftigen, schutzlosen Witwe hereinfällt, das sie ihm vorführt. Er hat doch Verstand! Vermutlich liegt es daran, daß er so lange Soldat war und wenig mit Damen vom Schlag meiner Mutter zu tun hatte.«

»Du lieber Himmel, Fennimore! Wie sprichst du von deiner Mutter?« Leonor war so verblüfft, daß sie einfach mit dieser Frage herausplatzte, ohne wie sonst zu flüstern oder zu stammeln. Jetzt fiel ihr auch wieder ein, daß Fenn schon am Vortag, bei ihrem Gespräch auf dem Turm etwas Ähnliches gesagt hatte.

»So, wie sie es verdient!« beharrte er störrisch auf seiner Kritik. »Du brauchst mich nicht so entrüstet anzufunkeln. Ich kann abwarten, bis du merkst, daß unter den Samtpfoten von Lady Amanda Wintash die spitzesten Krallen verborgen sind. Diese entzückende Person liebt auf der ganzen weiten Welt nur einen einzigen Menschen leidenschaftlich – sich selbst!«

»Da ich sie erst so kurze Zeit kenne, kann ich das keinesfalls beurteilen«, antwortete Leonor ebenso fair wie sachlich. Sie wollte ihrer Eifersucht um keinen Preis nachgeben. Und eventuell hatte sie nach dem gestrigen Abend auch gar keinen Grund dafür. Auf jeden Fall gehörte es sich ihrer Meinung nach nicht, daß man so von seiner Mutter redete. »Ich wäre froh gewesen, wenn ich eine Mutter gehabt hätte«, hielt sie dem ungezogenen Viscount vor und fügte hinzu: »Ich habe noch nie ein böses Wort von Lady Amanda gehört. Ganz im Gegenteil...«

»Eben«, bestätigte Fennimore störrisch. »Genau das meine ich damit. Das ist ihre Kunst. Ihre Stachel sind immer mit feinster Seide umwickelt, aber du darfst mir glauben, sie tun trotzdem höllisch weh. Du wirst es bald begreifen und Gervais hoffentlich auch...«

Leonor warf ihm über den Rand ihrer Teetasse einen prüfenden Blick zu. »Du magst deinen Stiefbruder anscheinend sehr gern...«

»Er ist ein feiner Kerl«, nickte Fenn, jetzt sehr viel weniger aggressiv. »Eigentlich sehe ich mehr einen Vater, als einen Bruder in ihm. Er hat für alles Verständnis. Wenn ich denke, wie oft er mir aus irgendeiner idiotischen Klemme geholfen hat, ohne daß mein richtiger Vater etwas davon erfuhr... Er hat Besseres verdient, als dieses Chaos aus Schulden und Verpflichtungen, das mit dem Erbe über ihn hereingebrochen ist.«

»Er könnte es umgehend los sein, wenn er sich von mir helfen ließe«, schlug Leonor vor und erntete einen aufgebrachten Protestlaut.

»Das würde sein Stolz nie zulassen. Er will Wintash aus eigener Kraft wieder zu dem machen, was es einmal war, ist das so schwer zu verstehen?«

Leonor stellte die zarte Porzellantasse ein wenig zu heftig auf den Unterteller zurück. »Ich frage mich, warum er dann überhaupt seine Zustimmung zu unserer Heirat gab, wenn es ihm schon unangenehm ist, auch nur die kleinste Summe von mir anzunehmen?« fauchte sie so wütend, daß Fennimore unwillkürlich ein wenig nach hinten wich.

»Weißt du das nicht?« forschte er und gab sich gleich selbst die Antwort. »Na ja, mit Frauen spricht man über Dergleichen ja auch selten. Dein Vater hat ihm keine andere Wahl gelassen. Er hat sich geweigert, die Hypotheken, die auf dem Schloß und dem Land liegen, abzutreten. Ger hatte nur die Wahl, dich zur Frau zu nehmen oder sein Elternhaus versteigern zu lassen. So wie es aussah, hat dein Vater systematisch alle Schuldverpflichtungen des 10. Earl aufgekauft und für eine hübsche kleine Erpressung verwendet. Gervais, mit seinem übertriebenen Verantwortungsbewußtsein für Mutter und mich, gab natürlich nach...«

So ähnlich mußte man sich fühlen, wenn einem das Herz stehenblieb. Leonor rang nach Luft und preßte die Faust gegen das straff geschnürte Mieder. Das erklärte einiges! Allerdings, warum hatte ihr Vater zu derart extremen Mitteln gegriffen, um ihr einen Ehemann zu verschaffen? War sie in seinen Augen so reizlos und unmöglich gewesen, daß er keine andere Chance sah?

»Leonor!« Fennimore suchte ihren Blick. »Ich war dagegen, daß Gervais eine Ehe einging, nur um dieses alte Gemäuer zu retten, aber jetzt bin ich anderer Meinung. Ich glaube, daß mein Bruder von Glück sagen kann, daß er dich bekommen hat!«

Sie zwang sich zu einem zitternden Lächeln. »Wie lieb von dir, daß du das sagst, aber du kannst dir die Höflichkeitslügen sparen. Trotzdem danke, daß du es mir erzählt hast. Jetzt weiß ich wenigstens, warum mich Gervais so sehr verachtet. Er muß wirklich sehr betrunken gewesen sein, gestern abend...«

Nur ihre schreckliche Betroffenheit war schuld daran, daß ihr dieser Hinweis auf den vergangenen Abend entschlüpfte. Der Viscount indes kam glücklicherweise nicht auf die Idee, Zusammenhänge herzustellen. »Das darfst du glauben«, bestätigte er. »Er muß den Brummschädel des Jahrhunderts auf den Schultern spazierentragen. Kein sehr angenehmes Gefühl, nehme ich an...«

»Woher willst du das denn wissen, du unverschämtes Hundejunges!« antwortete ihm eine sarkastische, deutlich heisere Stimme.

Fenn fuhr auf seinem Stuhl herum, ein verlegenes Grinsen auf den Lippen, aber Mylord Wintash hatte sich bereits seiner Gattin zugewandt und gönnte ihr eine makellose Verneigung.

Leonor murmelte einen Guten-Morgen-Gruß. Wie lange mochte er in der Tür gestanden haben? Welche Teile ihres Gespräches hatte er belauscht? Unter halb gesenkten Wimpern beobachtete sie, wie er sich am Tisch niederließ und sich vorsichtig ebenfalls Tee eingoß. Er war blasser als sonst, aber lediglich ein paar dunkle

Schatten unter den Augen, die tiefer als gewöhnlich in ihren Höhlen lagen, deuteten auf die Ausschweifungen des vergangenen Abends hin.

»Wie bedauerlich, daß ich euch mitten in der Diskussion meines Gesundheitszustandes gestört habe«, spottete er in das plötzlich entstandene Schweigen hinein und gab Milch in seine Tasse.

»Mit dem dicken Kopf habe ich voll ins Schwarze getippt«, grinste Fenn und erhob sich. »Tut mir leid, Gervais, aber ich gebe dir keine Chance, deine schlechte Laune an mir auszulassen. Vielleicht besänftigt dich die Anwesenheit deiner lieben Frau!«

Leonor hätte Fenn am liebsten aufgehalten, aber dann war er so schnell fort, daß ihr kein Wort über die Lippen kam. Befangen sah sie auf ihren leeren Teller. Die Gegenwart des Earls machte die Ereignisse des vergangenen Abends so unverhofft lebendig, daß eine deutlich sichtbare Röte über ihr Gesicht und den Hals flog. Sie wußte nicht, was sie mehr erwartete, eine Entschuldigung oder eine Erklärung. Auch Gervais Croyde kämpfte mit einem ihm völlig fremden Gefühl der Verlegenheit. Er war bei Sonnenaufgang mit dem erwähnten Kater auf dem Diwan der Bibliothek zu sich gekommen. Einem Kopf, der völlig seinen Dienst versagte, wenn er sich an genauere Einzelheiten der Nacht erinnern sollte, die hinter ihm lag. Der nur Bruchstücke hervorbrachte, von denen er nicht einmal sagen konnte, ob sie auf Wirklichkeit oder Illusionen beruhten.

Hatte er die Frau im smaragdgrünen Mantel und den offenen Haaren geträumt? Die zugleich unschuldigen und doch so süßen Küsse, die weiche Fülle seidiger Haut? Gaukelte ihm sein Hirn Wunschvorstellungen vor? Das kam davon, wenn man die Lösung seiner Probleme im Brandy suchte. Welch verdammtes Durcheinander!

Sicher war nur, daß er betrunken wie ein ganzes Regiment durstiger Dragoner gewesen sein mußte. Eine andere Erklärung dafür gab es nicht, daß er sich so lebhaft einbildete, die eigene unscheinbare und reizlose Gattin begehrt und geküßt zu haben. Ausgerechnet jene Person, die ihm mittels so demütigender Umstände aufgezwungen worden war. Unter gerunzelten Brauen hervor, warf er ihr einen prüfenden Blick zu, der zum ersten Male frei von Vorurteilen und Zorn war.

Sie sah traurig aus. Jung, einsam und unscheinbar. Was sie wohl denkt, fragte er sich in einem ungewohnten Anflug von Verständnis für sie. Was belastete sie? War sie nicht, ebenso wie er, nur Opfer? Handelsposten eines allzu ehrgeizigen Vaters, der in seinem Wunsch nach einem Adelsprädikat mindestens ebenso rücksichtslos und menschenverachtend vorgegangen war, wie sein eigener Erzeuger, als er das Erbe von Wintash in den Londoner Spielsalons vertat.

Sie hatte irgend etwas mit ihren Haaren angestellt. Bisher war ihm nie aufgefallen, daß sie sich in so gefälliger Weise um ihr Gesicht wellten. Auch die rötlichen Reflexe, die das Licht, das hinter ihr durch die bodentiefen Fenster fiel, in diese weichen Locken setzte, kamen ihm überraschend und neu vor.

Natürlich konnte sie sich in keiner Weise mit Lady Amanda messen, aber heute morgen sah sie gewiß sehr weiblich und hübsch aus. Der Tisch verbarg zudem schmeichelhaft die Einzelheiten ihrer fülligen Figur, während der dunkle Veilchenton des Kleides dem blassen Gesicht mehr Farbe und Kontur verlieh.

Trotzdem kam er jetzt endgültig zu der Überzeugung, daß er sich die ungestüme Szene in der Bibliothek lediglich eingebildet haben mußte. Nicht einmal in betrunkenem Zustand konnte er seine Gattin so verführerisch finden, daß er seine Manieren völlig vergaß. Er würde sich der Lächerlichkeit preisgeben, wenn er Leonor danach fragte oder sie gar – wie er es vorher in Erwägung gezogen hatte – mit einer Entschuldigung konfrontierte, von der sie nicht einmal wußte, auf welche Peinlichkeit sie sich bezog.

Die lastende Stille dauerte endlos. Hinter der wieder heftiger schmerzenden Stirn der jungen Frau überschlugen sich die Gedanken. Es gab im Grunde nur zwei Möglichkeiten der Erklärung. Entweder war Lord Wintash zu betrunken gewesen, um sich jetzt zu erinnern, oder die Küsse in der Bibliothek hatten ihm nicht mehr bedeutet, als ein wenig Unterhaltung zwischen zwei Gläsern Brandy. Zärtlichkeiten, die ihr nur zuteil geworden waren, weil er in diesem Moment gerade kein anderes weibliches Wesen dafür zur Hand gehabt hatte.

Die Ablehnung und die Überheblichkeit, mit der er sie in den wenigen Wochen ihrer Ehe behandelt hatte, ließen sie das Letztere fürchten. Worauf wartete sie eigentlich noch? Daß er sie auslachte? Darauf, daß er begriff, wie verzweifelt sie ihn liebte? Wie albern und kindisch diese Träume doch im Tageslicht waren! Sie stand so plötzlich auf, daß er erstaunt zusammenfuhr.

»Entschuldige«, sagte sie, und die unterdrückte Wut auf sich selbst verlieh ihrer Stimme eine ungewohnte Festigkeit und ausdrucksvolles Timbre. »Laß dich nicht beim Frühstück stören. Ich werde veranlassen, daß man dir noch etwas Ale und ein paar eingelegte, saure Heringe serviert. Das vertreibt die Nachwirkungen des Alkohols am schnellsten. Ich wünsche dir einen schönen Tag.«

Da sie das Frühstückszimmer verließ, ohne auf seine Antwort zu warten, wurde sie um das sehenswerte Schauspiel gebracht, einen sprachlosen Earl zu erleben. Zwischen Verblüffung und Ratlosigkeit hin- und hergerissen fragte er sich, ob diese Fürsorge auf Fennimores

Erzählungen über seinen Brummschädel zurückzuführen war, oder ob Leonor doch in Wirklichkeit Augenzeugin seines Rausches geworden war. Wenn ja, hatte er durch sein Zögern soeben die letzte Möglichkeit verpaßt, sich angemessen bei ihr zu entschuldigen.

Verdammt! Wenn er doch bloß wüßte, was in der vergangenen Nacht in der Bibliothek passiert war! Was hatte ihn dazu getrieben, Trost beim Brandy zu suchen? Nun, das zumindest war ihm noch klar. Der Stapel zu bezahlender Rechnungen lag schließlich weiterhin unerledigt auf dem Schreibtisch der Bibliothek. Lady Amandas Schneiderin, ihr Juwelier, die Hutmacherin, die Wäschenäherin, alle schienen der Meinung zu sein, daß er für die prompte Begleichung ihrer Außenstände aufkam. Von welchem Geld sollte er dies tun, nachdem er es kategorisch abgelehnt hatte, die finanzielle Unterstützung Leonors anzunehmen?

Seine Stiefmutter hatte dem Problem keine Bedeutung beigemessen. Sein diplomatischer Versuch, sie in einem Gespräch nach dem abendlichen Diner um mehr Sparsamkeit zu bitten, war auf der ganzen Linie gescheitert. Mit unschuldiger Hartnäckigkeit ging die Lady davon aus, daß das Vermögen der Wintashs wieder hergestellt war. »Du machst dir völlig umsonst Sorgen, Lieber!« hatte sie gelacht. »Tu die Rechnung in eine Schublade und vergiß sie!«

»So ein verdammter Unsinn!«

»Mylord?«

Der livrierte Diener, der soeben die Silberplatte mit den eingelegten Heringen hereinbrachte, blieb stocksteif auf der Schwelle stehen. Seine leicht hervorstehenden, kugelrund entsetzten Augen unterschieden sich kaum von denen der Fische auf seiner Servierschale. Mit einem schwachen Rest von Galgenhumor nahm Gervais Croyde das kuriose Bild in sich auf, ehe er seinen Fluch mit einem entschuldigenden Lächeln abschwächte.

»Er war nicht gemeint, mein Lieber! Trotzdem wäre ich Ihm dankbar, wenn Er das Getier wieder in die Küche brächte. Mein Magen erträgt derartige Genüsse im Moment nicht...«

Fennimore, der seinen Bruder von allen Familienmitgliedern am besten kannte, hätte als einziger sagen können, daß in dieser sarkastischen Bemerkung eine ganze Menge Zündstoff schwang. Gervais Laune, die schon vorher nicht sehr gut gewesen war, näherte sich ihrem Tiefpunkt, obwohl dieser Tag noch nicht einmal richtig begonnen hatte.

8. Kapitel

Leonor legte die Stirn gegen das kühle Fenster, dessen bleigefaßte Rauten einen verschwommenen Blick auf den Park von Wintash freigaben. Es waren altehrwürdige Scheiben, die vor mehr als hundert Jahren der Stolz eines Handwerksmeisters in St. Agnes gewesen waren. In der jungen Frau indes verstärkte ihr dickes, von Bläschen durchsetztes Glas nur das Empfinden, daß sie sich rettungslos in der Falle ihrer eigenen Gefühle verfangen hatte, aus der es offenbar keinen Ausweg gab.

Kein Wunder, daß sie jetzt seit Tagen unter hämmernden Kopfschmerzen litt. Sollte ihr Leben so weitergehen? Stunden und Tage, die sich über den alltäglichen Pflichten einer ungeliebten Ehefrau zu Jahren summierten und in ihrer Inhaltslosigkeit und Einförmigkeit den Atem abschnürten?

Zutiefst deprimiert, wandte sie dem Sonnenuntergang, der die Mauern von Wintash rötlich überhauchte, den Rücken zu. Ein Blick zur Uhr auf dem Kaminsims belehrte sie, daß es an der Zeit war, nach Jane zu klingeln. Lady Amanda bestand darauf, das abendliche Diner pünktlich um acht einzunehmen, und jedermann hatte in großer Toilette zu erscheinen. Obwohl Leonor Magenschmerzen, keinen Appetit und keine entsprechende Garderobe hatte, fiel es ihr nicht ein, sich von dieser Familienmahlzeit auszunehmen.

Zum einen, weil sie bei dieser Gelegenheit wenigstens ihren Gatten zu Gesicht bekam, und zum anderen, weil sie es haßte, sich von physischer Schwäche in ihrem Tagesablauf beeinträchtigen zu lassen. Soweit sie sich erinnern konnte, war sie, mit Ausnahme der Masern, die sie als kleines Mädchen gehabt hatte, nie ernsthaft krank gewesen. Sie nahm an, daß das würgende Gefühl ständiger Übelkeit von selbst wieder vergehen würde, genauso wie die lästige Migräne. Auch wenn es ihr von Tag zu Tag schwerer fiel, die rasenden Kopfschmerzen, die ihre Schläfen mit einem eisernen Ring zusammenpreßten, zu ignorieren.

Sie ahnte nicht, daß Lord Wintash die feinen Linien der Qual in ihren Mundwinkeln sah und registrierte, daß sie immer blasser wurde. Seit jener eigenartigen Nacht in der Bibliothek beobachtete er sie mit der Geduld und Objektivität eines Wissenschaftlers, der seinem bevorzugten Forschungsobjekt auf der Spur ist.

Was er dabei entdeckte, war beileibe nicht die plumpe, aufgezwungene Kaufmannstocher aus seinen Vorurteilen. Hatte er die Tüchtigkeit, mit der sie den vernachlässigten Haushalt neu organisierte, noch ihrer Herkunft zugeschrieben, so paßte die Tatsache, daß sie Moliére in der Originalsprache las, ebenso wenig dazu, wie der Umstand, daß sie jedes Möbelstück in die Epoche seiner Herstellung einreihen konnte und sehr wohl den feinen Unterschied zwischen protzigen Ahnengemälden und echten Kunstwerken erkannte.

Die kleinen, etwas molligen Hände mit dem schweren Reif der Wintashs packten überall mit an. Egal ob es nun darum ging, Mrs. Burnes zu beweisen, daß man die hohen Bodenvasen in der Halle sehr wohl auch mit passenden Blumengestecken füllen konnte, oder ein Küchenmädchen zu verbinden, welches sich an kochendem Wasser verbrüht hatte. Sie redete nicht viel, aber auf ihre stille, gründliche Weise hatte sie das ganze Haus, vom kleinsten Messerputzer, bis hinauf zu seiner Gnaden, den Earl von Wintash, unter Kontrolle gebracht.

Das zu entdecken, trug nicht gerade zu seiner Selbstbestätigung bei. Er hatte sie gründlich unterschätzt, ihr

Unrecht getan und sie beleidigt. Kein Wunder, daß sie in lähmendes Schweigen versank, sobald er es wagte, das Wort an sie zu richten. Dabei wußte er, daß sie mit Fennimore scherzte, und der Ton ihres melodiösen Lachens hatte ihn an die sanfte, liebevolle Stimme aus seinen Träumen erinnert. In seiner Gegenwart jedoch war sie so stumm wie die steinernen Figuren, die das Eingangstor von Wintash flankierten.

»Ist dir nicht gut? Du siehst krank aus!« wagte er trotzdem eine Frage, als sie ihren Platz zu seiner rechten Seite an der Tafel einnahm und die schwere Damastserviette langsam auseinanderfaltete.

Leonor schrak zusammen. Sie hob den Blick nicht höher, als bis zur sorgsam gefalteten Pracht seiner Halsbinde. Sogar wenn er sich nach ihrem Wohlbefinden erkundigte, klang seine Stimme schroff. Was hätte sie darum gegeben, wenn ihn wirkliche Sorge um sie zu dieser Erkundung bewegt hätte!

»Ein w-wenig m-müde«, stammelte sie unsicher.

»Wenn du dich nicht wohl fühlst, sollten wir Dr. Fielding Bescheid sagen«, entgegnete er. »Er ist unser Hausarzt und behandelt auch Lady Amanda...«

Leonor erinnerte sich an den weißhaarigen Herrn, der den Tod ihres Vaters diagnostiziert hatte. »U-Unsinn, ich bin gesund!« wehrte sie sich knapp.

Wie um diese Tatsache zu beweisen, gab sie dem Personal ein Zeichen, mit dem Servieren zu beginnen, und aß mit gespielt gutem Appetit. Fennimore und Gervais betrachteten sie beide mit besorgtem Gesicht. Eine Entwicklung der Dinge, die Lady Amanda, der bisher die allgemeine Aufmerksamkeit und Sorge gegolten hatte, erst erstaunte und schließlich verärgerte. Sie ließ den Löffel sinken und hob graziös den rechten Handrücken an die Stirn.

»Beneidenswert, deine robuste Natur, liebe Leonor«,

seufzte sie. »Ich wünschte mir, ich könnte mit dir tauschen. Erst vor zwei Tagen hat Dr. Fielding gesagt, daß ihm meine zunehmende Schwäche gar nicht gefällt. Ich sollte mehr essen, aber wer hat den Koch nur auf die absurde Idee gebracht, am Abend eines so heißen Tages eine derart entsetzlich fette Bouillon zu machen? Wie niederschmetternd, daß es meine Gesundheit nicht zuläßt, mich mehr um die Einzelheiten des Haushaltes zu kümmern. Mrs. Burnes scheint mir ebenfalls nachzulassen!«

Im ersten Moment flammte Leonors Widerspruchsgeist auf. Weder war die pikante Gemüsesuppe mit den feinen Lauchstreifen zu fett, noch fanden sich inzwischen irgendwo Hinweise darauf, daß das Hauswesen auf Wintash eine ordnende Hand vermissen ließ. Wie kam Lady Amanda dazu, so etwas auch nur anzudeuten?

Leonor bemühte sich, ihre Empörung unter Kontrolle zu bringen. Sie sah zum Kopfende des Tisches, wo die Witwe mehr thronte als saß. Eine hinreißende Erscheinung in zart lavendelfarbenem Musselin, mit einem Spitzenhäubchen auf den silberblonden Haaren, das auf das vorteilhafteste ihr herzförmiges Gesicht betonte. Sie lächelte ihr strahlend zu. Nein, vermutlich war ihr gar nicht bewußt, daß sie Leonor kritisiert hatte. Sie war eben empfindlich, anspruchsvoll und mit anderen Maßstäben aufgewachsen, als sie, Leonor. Eine Dame, keine Kaufmannstochter. Ob es ihr jemals gelingen würde, ihren Ansprüchen gerecht zu werden?

»Unsinn! Also ich finde die Consommé hervorragend«, verteidigte Fennimore die abendliche Vorspeise.

»Und ich finde, daß dein Benehmen in der letzten Zeit beklagenswert gelit... Oh, Gott! Leonor, Kindchen, was ist los mit dir?«

Lady Amanda riß entsetzt die Augen auf, und der Earl konnte gerade noch rechtzeitig zugreifen, um zu verhindern, daß seine Gattin halb ohnmächtig vom Stuhl sank.

Leonor begriff selbst nicht, was mit ihr geschah. Plötzlich hatte sich der normale Schlag ihres Herzens rasend beschleunigt, Hitze stieg ihr in den Kopf, und sie schien keine Luft mehr zu bekommen. Beim panischen Versuch, wenigstens einen Knopf ihres hochgeschlossenen Kleides zu öffnen, hatte sich der Tisch vor ihren Augen gedreht, und das erschreckende Bild gewann vom Rand mehr und mehr an Schwärze. Sie war noch nie in Ohnmacht gefallen, aber jetzt verstärkte plötzlich Angst vor der drohend näher kommenden Dunkelheit ihre Hilflosigkeit. Sie klammerte sich an die breiten Schultern ihres Gatten, die der einzige Halt zu sein schienen. Jemand schrie weit entfernt und schrecklich schrill, während sie angestrengt nach Atem rang und gleichzeitig fürchtete, daß sie nie wieder aufwachen würde, wenn sie jetzt die Augen schloß.

Gervais beruhigende Stimme war ihr einziger Halt in einem Kaleidoskop aus grellen Farben und jähen, stechenden Schmerzen. Ihr Kopf, ihre Arme, ihr Herz, ihr Magen, alles krampfte sich vor Pein in ihr zusammen. Sie merkte weder, daß er sie auf eine Chaiselongue bettete, noch daß Fennimore überstürzt zu den Ställen rannte, um persönlich zu Dr. Fielding zu reiten.

Sie wußte nicht, wieviel Zeit vergangen war, als sie ihre Umgebung wieder langsam zur Kenntnis nahm. Sie fühlte sich ausgehöhlt vor Schwäche und kaum fähig, auch nur einen Finger zu bewegen. Ihr ganzer Körper war taub und schwer, aber hinter den Schläfen pochte ein Dutzend der schwersten Schmiedehämmer. Was war mit ihr geschehen?

»Ich – oh...«

»Psst!« Sie erkannte die Stimme ihres Gatten. »Es ist alles in Ordnung. Meinst du, du kannst es ertragen, wenn ich dich hinauf, in dein Bett bringe? Dr. Fielding wird bald hier sein...«

Leonor versuchte ein Nicken, doch die heftige Qual, die dabei durch ihren Kopf schoß, trieb ihr die Tränen in die Augen. Erst als sie flach ausgestreckt auf dem Rükken lag und sich der Baldachin ihres Bettes über ihr wölbte, ließ die Pein nach, und ihr Verstand setzte wieder ein. Zusammen mit dem Kleid hatte ihr Jane auch aus dem eng geschnürten Korsett geholfen und die Nadeln aus der Frisur gezogen.

Jetzt wechselte sie in regelmäßigen Abständen kühle Lavendel-Kompressen auf ihrer Stirn. Die zugezogenen Vorhänge tauchten den Raum in angenehmes Dämmerlicht, und die Stille, im Verein mit der frischen Kühle auf ihrer Stirn, beruhigte Leonor langsam wieder. Ihre Atemzüge wurden regelmäßiger, und die erschreckende Blässe ihrer Wangen wich bereits dem üblichen hellen Hautton.

Auch Gervais Croyde, der mit verschränkten Armen auf einem Stuhl neben dem Kamin saß, bemerkte die Besserung. Er wagte eine unwillkürliche Bewegung, die Leonors Aufmerksamkeit weckte.

»Du?« Die unverhohlene Verblüffung ihrer Frage machte ihn betroffen, und er verbarg es, indem er sich erhob und näher trat.

»Wie fühlst du dich?«

»Als ob die komplette Schlacht von Waterloo auf meinem Scheitel stattgefunden hätte!«

Ihr gequälter Versuch, zu scherzen, entlockte ihm ein Lächeln. Zwischen den Spitzenkissen des Bettes sah sie ungewohnt schmal und verlassen aus. Die dichten, glänzenden Haare lockten sich über ihre Schultern, und mit plötzlicher Scheu zog sie die Bettdecke bis zum Kinn, obgleich sie ein höchst züchtiges, hochgeschlossenes Nachthemd trug.

»Doktor Fielding muß jeden Augenblick kommen«, berichtete Lord Wintash. »Eigentlich müßte ich dich schelten! Warum hast du nicht gesagt, daß du krank bist!«

»Krank? Ich? Unsinn!« wehrte Leonor sogar jetzt noch ab. »Vermutlich habe ich etwas gegessen, das verdorben war.«

»Hast du dir nie überlegt, daß du die Herzschwäche deines Vaters geerbt haben könntest?« fragte Gervais sanft.

Leonor schloß den geöffneten Mund wieder und sah ihn aus weit aufgerissenen Augen an. Es bedurfte keiner großen Fantasie zu wissen, daß sie die Gestalt Rowland Epworths vor sich sah, wie er an der Tafel mitten unter ihrem Hochzeitsmahl gestorben war.

»Aber...«, sie begann, räusperte sich und fuhr mit festerer Stimme fort. »Ein schwaches Herz bekommt man nicht von heute auf morgen...«

»Möglicherweise hast du es einfach nie bemerkt. Du hast dir viel zugemutet in den letzten Wochen. Es war keine leichte Aufgabe, dieses Haus wieder in einen repräsentablen Zustand zu versetzen.«

Leonor fragte sich, was sie mehr erstaunte. Daß er ihre Arbeit respektierte, oder daß er sich Sorgen um ihre Gesundheit zu machen schien.

Ein Klopfen an der Tür enthob sie der Antwort. Doktor Fielding war eingetroffen. Als anerkannteste medizinische Kapazität rund um St. Agnes, hörte er sich Leonors Beteuerungen ihrer unverwüstlichen Gesundheit mit einem leicht überheblichen Lächeln an. Er untersuchte sie gründlich und verwendete sogar eines jener modernen Stethoskope, über deren Wirksamkeit sie bisher nur gelesen hatte, um ihre Brust abzuhorchen. Danach war er sich seiner Sache sicher.

»Die Symptome eines Herzanfalls sind unmißverständlich, Lady Wintash«, erklärte er dozierend. »Ich rate Ihnen dringend, sich künftig mehr zu schonen. Denken Sie an Ihren armen Vater, der diese Maßgaben seines Arztes offensichtlich in den Wind geschlagen hat. Ich lasse Ihnen ein wenig Laudanum-Tinktur gegen die Schmerzen da, ansonsten sollten Sie ruhen und nur leichteste Kost zu sich nehmen. Wenn Sie auf mich hören, besteht kein Grund zur Sorge, und ein solcher Anfall muß sich nicht wiederholen.«

Ähnliches versicherte er auch in umständlicher Langatmigkeit Mylord Wintash, der in der Bibliothek auf das Ergebnis der Untersuchung wartete.

»Es wäre sehr förderlich, wenn Ihre Ladyschaft einer kontrollierten Diät zustimmen würde«, meinte er zudem. »Das Körpergewicht ist, ebenso wie Anstrengung und Aufregung, ein zusätzlicher Risiko-Faktor für Patienten mit ihrer Herzschwäche.«

»Sie gehen also davon aus, daß meine Gattin an der gleichen Krankheit leidet, wie ihr Vater?«

»Natürlich.« Dr. Fielding ließ keinen Zweifel zu. »Herzschwächen werden oft vererbt. Die medizinische Literatur ist voller Beispiele...«

Der Earl, der mehr an Leonor als an medizinischen Erläuterungen interessiert war, unterbrach ihn ungeduldig, ehe er ins Detail gehen konnte. Obwohl er den geschätzten Arzt seiner Stiefmutter erst vor einigen Monaten kennengelernt hatte, wußte er um dessen Vorliebe für weitschweifige Krankheitsgeschichten.

»Der Abend ist schon sehr weit fortgeschritten, Sir«, sagte er ebenso höflich wie strikt. »Ich bin Ihnen zu Dank verpflichtet, daß Sie Lady Wintash geholfen haben, aber ich weiß, daß ich Sie jetzt nicht länger aufhalten darf.«

Wenn Doktor Fielding das als Verabschiedung auffaßte, so lag das durchaus im Sinne von Lord Wintash. Die Herren tauschten eine höfliche Verneigung und während ein Lakai dem Doktor die Haustür öffnete, lief der Hausherr, immer zwei Stufen auf einmal überspringend, in den ersten Stock, wo die Schlafräume der Familie lagen.

Jane öffnete vorsichtig, legte aber vielsagend einen Finger auf die Lippen. »Sie schläft«, flüsterte sie. »Der Doktor hat ihr Laudanum gegeben.«

»Danke. Gute Nacht.«

Eigentlich hatte es nicht in der Absicht der Zofe gelegen, ihre Herrin allein zu lassen, aber ehe sie sich versah, hatte der Earl die Tür von innen geschlossen, und sie stand auf dem Flur. Sie lauschte einen Moment und verschwand schließlich mit einem Achselzucken. Mrs. Burnes legte Wert darauf, daß sich die Dienerschaft bei Sonnenaufgang zum gemeinsamen Frühstück versammelte. Viel Zeit zum Schlummer blieb ihr da heute sowieso nicht mehr.

Im Schein eines kleinen Nachtlichtes betrachtete Gervais Croyde das entspannte Antlitz seiner jungen Gattin. Sehr kindhaft und sehr schutzbedürftig kam sie ihm vor. Längst nicht mehr so gewöhnlich, stämmig und robust wie jene perlenübersäte Heiratskandidatin im prall sitzenden Brautkleid, um dessen knirschende Nähte man bei jeder zweiten Bewegung fürchten mußte.

Vorsichtig beugte er sich hinab und berührte eine dicke, weiche Haarsträhne, die schimmernd auf dem Kopfkissen lag. Ein unmerklicher Hauch nach Hibiskusblüten stieg bei dieser Bewegung auf. Der Duft aus einem Traum.

Er riß die Hand zurück, als hätte er eine offene Flamme berührt. Ein Traum? Nicht wissend, was er suchte, wanderte sein Blick durch das große holzgetäfelte Schlafgemach. Es war ein fast männliches Domizil, in dem seinerzeit der zehnte Earl gewohnt hatte, wenn er – was selten genug vorkam – in Wintash weilte. Lediglich ein Spiegeltisch und ein bereitgelegter Morgenmantel deuteten auf eine weibliche Bewohnerin hin.

Das Kleidungsstück war es schließlich, das seine Aufmerksamkeit erregte. Er hob es hoch. Die kostbare Seide war federleicht und knisterte leise zwischen seinen Fingern. Es war eigentlich gar nicht mehr erforderlich, daß er den Stoff in der Nähe der Nachtlampe hielt, um sich die grüne Farbe bestätigen zu lassen. Er kannte diesen Mantel, wenngleich er die Frau, die ihn getragen hatte, nur schwer mit seiner Gattin in Verbindung brachte.

Die einzelnen Teile des tagelangen Verwirrspieles setzten sich wie von selbst in seinem Kopf zusammen. Er war betrunken gewesen, aber offensichtlich nicht so vom Alkohol benebelt, daß die verführerischen Einzelheiten von Leonors spärlicher Kleidung ohne Wirkung auf ihn geblieben wären. Er hatte sie geküßt, sie in den Armen gehalten, gestreichelt – und mehr?

Er sank in einen Sessel und vergrub das Gesicht in den Händen. Er hatte ein Problem gelöst, um sofort mit einem anderen konfrontiert zu werden. Hatte er in dieser Nacht seinen Schwur gebrochen und die Ehe mit Leonor vollzogen? Hatte Rowland Epworth gesiegt? Und – war es so tragisch, daß er letztendlich gesiegt hatte?

Ein leiser Seufzer und ein Rascheln vom Bett kündeten von einer Bewegung der Schlafenden, aber ihre Augen blieben geschlossen. Gervais Croyde, der elfte Earl von Wintash, hob den Morgenmantel auf, der ihm aus den Fingern geglitten war. Es gab nur einen Menschen, der ihm seine Fragen beantworten konnte. Leonor.

9. Kapitel

»Unsinn!« gebrauchte Leonor eines ihrer Lieblingswörter und richtete sich im Bett auf. »Ich werde weder im Bett frühstücken, noch den ganzen Tag auf dieser Matratze herumliegen, was bringt dich auf diese absurde Idee?«

Obwohl sich die hämmernden Kopfschmerzen keinesfalls gebessert hatten, war Leonor wild entschlossen, ihr Lager zu verlassen. Jane rang die Hände.

»Der Doktor hat gesagt, daß Sie ruhen müssen, Mylady! Ein schwaches Herz benötigt Schonung und darf nicht überanstrengt werden!«

»Dafür sorge ich schon allein!« verkündete die junge Frau und warf die Decke ab. »Gibst du mir jetzt meine Kleider, oder muß ich selbst die Schränke durchsuchen?«

Widerstrebend schnürte die Zofe ihre Herrin in das Korsett. »Mit den Krankheiten des Herzens ist nicht zu spaßen, Mylady«, sagte sie bedrückt. »Ich hab's mit eigenen Ohren gehört, daß der Doktor meint, daß Ihr dasselbe Leiden wie Euer Herr Vater habt.«

»Mein Vater war keinen Tag seines Lebens krank«, erklärte Leonor trocken und schlüpfte in das schwarze Taftkleid, dessen Rock- und Ärmelsäume ihre tüchtige Zofe mit breiten grünen Bändern verziert hatte. »Der schlimme Herzanfall, der ihn getötet hat, war der erste, der ihn jemals heimsuchte. Es kann keine Rede davon sein, daß er mir eine bedrohliche Krankheit vermacht hat und ich den Rest meines Daseins im Bett verbringen muß.«

Jane zupfte die keulenförmigen Ärmel des schweren Gewandes in die richtigen Falten und schüttelte nachdrücklich den Kopf mit dem spitzenverzierten Zofenhäubchen. »Die älteste Tochter des Pfarrers von St. Agnes war auch mit diesem Leiden geschlagen, Mylady«, erzählte sie düster. »Man hat sie am Allerseelentag des vergangenen Jahres beerdigt. Dabei war sie noch nicht einmal ganze neunzehn Jahre alt. Ihr solltet größere Vorsicht walten lassen!«

»Danke«, beschied ihr die junge Lady Wintash trocken und unterdrückte sogar ein Lächeln. »Deine Fürsorge rührt mich, aber es besteht kein triftiger Grund, daß du mein unmittelbares Begräbnis an die Wand malst. Noch bin ich ausgesprochen lebendig!«

Der gutmütige Spott dieser Worte war an Janes einfache Seele glatt verschwendet. Sie beharrte auf dem düsteren Thema. »Das hat Mister Staynesford auch gedacht.«

»Muß ich diesen Herrn kennen, Jane?«

»Mister Staynesford war der Gastwirt von Birdeford, Mylady«, füllte die kleine Zofe ihre Bildungslücke. »Nach dem Tod seiner Frau hat er eine Miß Ellison aus Botallack geheiratet. Eine hübsche Dame, aber Sie können sich nicht im Traum vorstellen, was sie getan hat!«

»Das Bier im Gasthof gepanscht?«

»Also wirklich, Mylady! Sie hat den armen Mister Staynesford vergiftet! Es ist nur dem Zufall zu verdanken, daß die Untat entdeckt wurde. Alle dachten, daß der arme Mann an einem Herzanfall gestorben wäre, und wenn nicht eines der Küchenmädchen das Fläschchen gestohlen hätte...«

Leonor sah ein, daß sie den näheren Einzelheiten des Dorfklatsches über das Leben und Sterben von Mister Staynesford keinesfalls entkommen konnte. Sie entschloß der Schauergeschichten ein schnelles Ende zu machen. »Ich nehme an, in jenem berüchtigten Behältnis war das Gift?« erkundigte sie sich für den Geschmack ihrer Zofe viel zu gelassen.

Jane nickte nachdrücklich. »Genau. Extrakt vom roten Fingerhut! Diese Mörderin hat Mister Staynesford jeden Abend Gift in seinen Nachttrunk getan, und als er schließlich zusammenbrach, dachte ein jeder, auch der Doktor, daß der arme Mann eben keine so junge Frau mehr hätte heiraten sollen! Ein schwaches Herz und zu große Anstrengungen munkelten viele sehr schadenfroh.«

»Interessant. Und wer hat die Untat schließlich aufgedeckt?«

»Das Küchenmädchen, Mylady, wie ich's gesagt habe. Sie hat das Glasgefäß für eines der Schönheitsmittelchen gehalten, mit denen die neue Mrs. Staynesford sich pflegte. Weil sie zufällig beobachtete, wie diese es versteckte, hielt sie es auch noch für ein besonders wirksames Wässerchen. Die Witwe ertappte sie beim Diebstahl und verriet sich... Der arme Mister Staynesford.«

»Bedauerlich für ihn, aber bei mir besteht ja glücklicherweise keine unmittelbare Gefahr, daß ich eine zu junge Frau heirate, findest du nicht auch?«

»Mit dem Entsetzen sollte man keinen Scherz treiben, Mylady!« warnte Jane unheilschwanger und begann, sich der Frisur ihrer Herrin anzunehmen.

Von der guten Mrs. Peacock und dem Regiment der Küchen- und Hausmädchen, die in London unter ihrem Befehl gestanden hatten, wußte Leonor, welche Faszination derartige Gruselmärchen auf schlichte Gemüter ausübten. Je blutrünstiger und abscheulicher, um so schöner.

Das abgeschlossene, einsame Hauswesen von Wintash war zudem arm an wirklichen Skandalen, so daß die Geschichte von Mister Staynesford sicher noch viele Jahre lang erzählt werden würde. So, wie die neuere von der reizlosen Kaufmannstochter, die den Earl geheiratet hatte und deren Vater an der Brauttafel tot zusammengebrochen war.

Schaudernd hob Leonor die Schultern und bemerkte nur am Rande, daß das Kleid neuerdings lockerer an ihrer Figur hing. Es machte sich langsam bemerkbar, daß ihr die ständige Migräne und der Kummer, im Gegensatz zu sonst, auf den Appetit schlugen. Obwohl sie Jane das Gegenteil versichert hatte, fühlte sie sich lustlos und erschöpft. Ihr Gesicht schien noch farbloser als sonst, und jede Bewegung kostete unendliche Kraft.

Trotzdem war sie wild entschlossen, sich diese Schwäche von niemandem anmerken zu lassen. Sie würde eine Tasse von dem frischen Tee trinken, den ihr Jane mit heraufgebracht hatte, und sich dann zu ihrer üblichen Morgenbesprechung mit Mrs. Burnes treffen. Es gab keinen Grund, den normalen Tagesablauf, der sich in den vergangenen Wochen eingespielt hatte, zu ändern.

Sie würde keine Krankheit vorschieben, um sich in den Mittelpunkt der Aufmerksamkeit zu rücken. Wenn Gervais von ihr Notiz nahm, so mußte dies andere Gründe haben, als die Sorge um ihre Gesundheit. Aber was brachte sie überhaupt auf die Idee, daß er so etwas wie Bedenken darum haben könnte? Sie war ihm lästig, aufgezwungen und ungeliebt.

Was konnte ihm schon Besseres passieren, als eine Gattin, die möglichst schnell an Herzschwäche dahinsiechte? Erst nach dem Tode ihres Vaters war ihr selbst der volle Umfang seines riesigen Vermögens bewußt geworden, das er ihr vermacht hatte. Eines Reichtums, der ungeschmälert dem 11. Earl von Wintash in die Hände fiel, wenn sie... Sie ließ die Tasse wieder sinken.

»Mylady?! Ist der Tee schon kalt?« wunderte sich das Mädchen.

»Wie? Nein – äh – nein, ich habe keinen Durst.

Danke, Jane, du kannst das in die Küche zurückbringen lassen, ich möchte kein Frühstück...«

»Aber Mrs. Burnes hat doch...« Den Rest von Janes verblüfftem Ausruf schnitt die zufallende Tür ab. Leonor war schon auf der Galerie und der Treppe, ehe der undamenhafte Knall richtig verhallt war.

Auf dem Weg in die Bibliothek lief sie an Lady Amanda vorbei, die soeben aus dem Damensalon trat, ohne sie zu sehen. In ihrem Kopf drehte sich alles, und sie nahm kein Hindernis wahr, das sie davon abhalten könnte, sich die Auskunft zu beschaffen, die ihr in diesem Augenblick dringender als alles andere schien.

Da sie sich in diesen ersten, einsamen Wochen ihrer Ehe immer wieder der reichhaltigen Bibliothek des Herrenhauses bedient hatte, um der Isolation zu entfliehen, unter der sie auf Wintash litt, wußte sie, daß es einige medizinische Sachbücher gab, die ein Vorfahr der Croydes irgendwann gesammelt hatte. Glücklicherweise war der riesige Raum mit den deckenhohen, geschnitzten Wandschränken leer.

Schmale Bahnen Sonnenlicht fielen durch die Sprossenfenster, die an der Westseite die Reihen in regelmäßigen Abständen unterbrachen, so daß Leonor keine Mühe hatte, die Titel der Buchrücken zu überfliegen. Im dritten Schrank wurde sie fündig. Die dicke, medizinische Abhandlung war eine kostbare Enzyklopädie aus dem vorigen Jahrhundert, aber Leonor interessierte sich ausschließlich für eine einzige Pflanze. Roter Fingerhut, *Digitalis purpurea,* wie sie belehrt wurde. Aber sie bekam nur bestätigt, was sie eigentlich schon wußte. Ein und derselbe Extrakt war je nach Dosis entweder heilend oder tödlich!

Völlig neu indes waren ihr die ebenso ausführlich geschilderten Symptome der Digitalis-Vergiftung. Ganz besonders zwei Punkte trafen sie mit der Wucht eines unverhofften Schlages. Quälende Kopfschmerzen und ständige Übelkeit, die im Verein mit der übergroßen Belastung des Herzens früher oder später zum Exitus führten!

Alles zusammen beschrieb so deutlich die rätselhaften Beschwerden, unter denen sie seit geraumer Zeit litt, daß sich der Verdacht, der bisher nur unterschwellig vorhanden gewesen war, zur unumstößlichen Tatsache herauskristallisierte. War es möglich, daß jemand versuchte, sie zu vergiften? Jemand? Wieso wagte sie nicht den Namen zu denken, der sich ganz von selbst aufdrängte? Der, des Mannes, der von ihrem Ableben mehr als jeder andere profitieren würde...

»Gervais?« murmelte sie heiser, dem eigenen Verstand nicht mehr trauend.

»Eben dieser! Entschuldige, daß ich dich störe, aber es ist entschieden schwierig, dich allein zu sprechen. Wie geht es dir? Fühlst du dich wirklich schon wieder so wohl, daß du das Bett verlassen kannst?«

Leonor starrte ihren Gatten um Fassung ringend an. Daß er so unvermutet vor ihr stand, während sie im selben Moment zur Erkenntnis gekommen war, daß er es sein mußte, der ihren Tod plante, war mehr, als ihre Nerven aushielten.

»Lieber Himmel, du bist weiß wie eine Wand. Willst du dich nicht setzen? Du solltest ruhen, anstatt zwischen diesen alten Folianten zu stöbern...«

Die Fürsorge, mit der er ihren Arm ergriff und sie zu einem Sessel führte, stand in so krassem Gegensatz zu seinem bisherigen Verhalten, daß Leonors eben erwachtes Mißtrauen sofort den Grund dafür zu wissen glaubte. Er wollte sie in Sicherheit wiegen. Sie täuschen und einlullen, damit sie auch weiterhin einfältig und vertrauensvoll ihre tägliche Dosis Gift bis zum bitteren Ende nahm.

Wo war der Tod verborgen? Im morgendlichen Tee? In

den Haferbrötchen? Den kleinen Törtchen oder den Puddings, die sie so gerne aß? Im Mokka oder im Wein? Sie begriff, daß es ihr nicht möglich sein würde, künftig den kleinsten Bissen zu essen, ohne sich zu fragen, ob er für ihr baldiges Ableben präpariert worden war.

»Leonor...«

»E-entschuldige...« Mit zitternden Fingern wischte sie sich eine lockige Haarsträhne aus der Stirn und wich seinem besorgten Blick aus. »E-es geht m-mir schon w-wieder viel besser...«

Die offensichtliche Lüge entlockte ihm ein Lächeln, bei dessen Anblick Leonors Herz sofort aus dem Takt kam. Es ist nicht krank, dachte sie erbittert, es ist dumm. Unbedarft und unbelehrbar, wenn es so hämmerte, obwohl ihr Verstand inzwischen längst wußte, daß hinter der plötzlichen Fürsorge nur Lug und Trug stand.

»Das sehe ich«, antwortete er denn auch trocken. »So gut, daß du die Enzyklopädia Britannica durcharbeitest, während du mit dem restlichen nicht ausgelasteten Geist den Speiseplan für die kommende Woche durchgehst...«

»Du m-machst dich l-lustig über mich«, flüsterte Leonor befangen. Wie er da so vital und gut aussehend vor ihr aufragte, während sich das weiche, rehbraune Leder seiner Reithosen über den Schenkeln spannte und das schneeweiße Hemd unter dem dunklen Jackett seine sommerliche Bräune betonte, kämpfte sie vergeblich gegen die Faszination, die er auf sie ausübte.

»Nur über deinen Starrsinn, meine Liebe«, schmunzelte er. »Dr. Fielding hat dir doch gesagt, daß du dich schonen sollst. Nur wenn du das tust, hast du die Gewähr, daß du mindestens hundert Jahre alt wirst...«

Welch ein Hohn! Vermutlich konnte sie von Glück sprechen, wenn sie diesen einen Monat noch erlebte. Sie hatte Mühe, die Panik zu verbergen, die in ihr aufstieg.

Nur die gepolsterte Rückenlehne des hohen geschnitzten Stuhles in dem sie saß, verhinderte, daß sie noch weiter nach hinten wich. Aber sie mußte antworten, sich normal verhalten. Niemand durfte wissen, daß sie das tödliche Spiel durchschaut hatte, und schon gar nicht Gervais. Trotzdem war es zuviel verlangt, liebenswürdig zu bleiben.

»Das wären dann noch gute neunundsiebzig Jahre, in denen du mir deine Verachtung und deinen Stolz demonstrieren kannst«, fauchte sie so wütend, daß sie jede Scheu vor ihm vergaß und damit auch ihr lästiges Stottern. »Du wirst sicher dafür sorgen, daß auch der Erbe, den Fennimore bekommt, in deinem Sinn erzogen wird, damit er der Kaufmannstochter, die sich einbildet, eine Lady sein zu wollen, ebenfalls die nötige Verachtung bezeugt, falls es dir nicht vergönnt sein sollte, einhundertundzehn Jahre zu werden!«

»Entschuldige!«

Leonor blinzelte irritiert.

»Entschuldige«, wiederholte Gervais Croyde, im gleichen geradezu demutsvoll zu nennenden Tonfall. »Ich weiß, daß ich mich nach der Testamentseröffnung deines Vaters nicht wie ein Gentleman benommen habe.«

Leonor faltete die Hände im Schoß und drückte die Schultern durch. Unter halb gesenkten Wimpern wagte sie einen mißtrauischen Blick. Nein, ernst konnte es ihm mit dieser Bitte um Verzeihung nie und nimmer sein, auch wenn sie in seinen Zügen eine merkwürdige Mischung aus Beschämung und Hoffnung zu lesen glaubte.

»Ich maße mir kein Urteil über dein Betragen an«, sagte sie leise, aber fest. »Es hat seine Vorteile, wenn man weiß, woran man ist und sich keine falschen Illusionen mehr macht. Insofern bin ich dir sogar dankbar. Du hast es mir erspart, mich weiterhin lächerlich zu machen.«

Er versäumte es, diese Behauptung zu korrigieren und bestätigte Leonor damit unbeabsichtigt in ihrer Verteidigungsposition. Sie bezog das ›lächerlich‹ selbstverständlich auf die nächtlichen Ereignisse in der Bibliothek. Vor seinem geistigen Auge hingegen tauchte einmal mehr das peinliche Bild der protzig gewandeten, stämmigen Kaufmannsbraut auf, die er gegen seinen Willen hatte heiraten müssen. Aber da waren auch andere, angenehmere Erinnerungen!

»Ich frage mich, ob es keine Möglichkeit für uns beide gibt, einen Schlußstrich unter all diese Irrtümer zu machen«, murmelte er, augenscheinlich ganz in das florale Muster eines großen Perserteppichs versunken, der den Boden des Raumes bedeckte. »Wir sind Fremde. Wir wissen so gut wie nichts voneinander. Wollen wir das ändern? Ich wäre nur zu gerne bereit dafür...«

Wenn er auf irgendeine Art von Zustimmung gewartet hatte, so sah er sich schnell getäuscht. Leonor sprang abrupt auf und brachte sich förmlich hinter der Stuhllehne, die sie mit beiden Händen umklammerte, in Sicherheit. Es wirkte, als sei sie von diesem diplomatischen Angebot auf das Äußerste erschreckt.

»Ändern?« hauchte sie, nur mühsam die Fassung wahrend, denn der ›Schlußstrich‹ bestärkte sie, zusammen mit dem eigenen Verdacht, in der nackten Angst um ihr Leben. »Wie stellst du dir das vor?«

»Du warst bereit, meine Frau zu werden, mir Kinder zu schenken. Was ist, wenn ich dich nun frage, ob es dir nach wie vor ernst mit diesem Wunsch ist?«

Leonor verengte die Lider. Es war heller Vormittag, und doch schien es nur eine Erklärung für diese erstaunliche Bemerkung zu geben. »Bist du wieder betrunken?« platzte sie unfreundlich schroff heraus.

»So ist es also wahr?« Gervais störte sich wenig an ihrer drastischen Ausdrucksweise.

»Was soll wahr sein?« Nervös und gleichzeitig so wütend wie noch nie in ihrem ganzen Leben, warf Leonor den Kopf in den Nacken. »Daß du schon einmal alkoholisiert genug gewesen bist, um dich sogar an der reizlosen Frau zu vergreifen, die du zur Rettung von Wintash heiraten mußtest? Erwartest du, daß ich dir dieses Heldenstück schriftlich bestätige, oder soll ich sagen, daß alles meine Schuld war? Daß meine umwerfende Schönheit dich bedauerlicherweise in Versuchung geführt hat?«

Der Earl wußte nicht, was ihm mehr die Sprache verschlug. Daß seine Frau ohne Scheu plötzlich wie ein Wasserfall reden konnte, oder daß sie so entschlossen und kühl jene erregenden Küsse, an die er sich so deutlich erinnerte, als die bloße Zudringlichkeit eines Betrunkenen abtat. Ja, daß sogar so etwas wie ätzender Sarkasmus in ihren unfreundlichen Worten mitschwang.

Das Mädchen im grünen Seidenmantel hatte mit keiner Geste Ablehnung gezeigt. Im Gegenteil, die gefühlvolle Sanftheit ihrer Zärtlichkeiten hatte damals sogar den schweren Brandynebel durchdrungen. Aber es hatte das gleiche feurige Funkeln in den Augen gehabt und die gleiche lebhafte Röte hatte die sonst so blassen Wangen gefärbt. Was hatte ihn nur je auf den aberwitzigen Gedanken gebracht, eine unscheinbare Person geheiratet zu haben? Hatten ihn seine verbitterten Vorurteile mit soviel Blindheit geschlagen?

»Keine Angst«, fügte sie jetzt noch böse hinzu. »Niemand wird dich dafür zur Rechenschaft ziehen, daß du deine eigene Frau beleidigt hast. Mein Vater ist tot, und andere Verwandte, die für mich und meine Sache eintreten habe ich nicht. Und jetzt entschuldige mich bitte...«

»Leonor!«

Er mußte sie an den Schultern halten, sonst wäre sie ihm einfach davongelaufen. Er las den Wunsch nach Flucht überdeutlich in den großen Augen, die wie frisch poliertes Metall schimmerten.

»Ich wollte dich keineswegs beleidigen, wenngleich ich zugebe, daß ich zuviel Brandy getrunken hatte. Aber ich war nicht so benebelt, daß ich dich gegen deinen Willen belästigt hätte. Du warst sehr wohl damit einverstanden und sehr liebenswürdig. Ist...«, es fiel ihm schwer, die Frage auszusprechen, aber er mußte es wissen. »...ist unsere Ehe in dieser Nacht vollzogen worden?«

Die junge Frau atmete heftig. Seine Berührung, der Duft nach Leder, Pferd und herbem Eau de Cologne ließen sie erzittern. Allein, das unentwirrbare Chaos aus Angst, Zorn und Leidenschaft, das sie bis in die Fingerspitzen erfüllte, gab ihr die Kraft, ihm zu widerstehen. Ja, sogar die winzige Chance zur Rache zu erkennen. Sollte er ruhig zweifeln, es geschah ihm recht!

»Fragst du dich das?« flüsterte sie herausfordernd heiser. »Fragst du dich, ob du deinen so hochfahrend vertretenen Prinzipien im Rausch untreu geworden bist? Ob der noble Earl von Wintash auch nur ein Mensch und Mann wie alle anderen ist, der die Kontrolle über sich verlieren kann? Wie peinlich, daß du dafür auf mein Wort angewiesen bist. Ich habe bedauerlicherweise nicht die Absicht, dir dieses Wort zu geben. Ich habe vergessen, was geschehen ist! Ich wollte es vergessen! Kannst du es mir verübeln?«

Mit einem Ruck, der ihr sonst so mühsam im Zaum gehaltenes Temperament verriet, riß sie sich von ihm los und lief hinaus. Durch die Tür, die hinter ihr offen blieb, hörte er das gedämpfte Klappern ihrer Absätze, die sich auf den Treppenstufen entfernten.

Seine erhobenen Hände sanken herab, und er fuhr sich mit einer ratlosen Geste über die dichten dunklen Haare.

Er wußte selbst nicht zu sagen, was er sich von diesem Gespräch erwartet hatte. Die Verachtung und den flammenden Zorn seiner sonst so bescheidenen Gattin indes in keinem Fall.

Er trat zum Lesepult, auf dem noch der ledergebundene Band lag, in dem Leonor geblättert hatte. Neugierig las er die Stichwörter der aufgeschlagenen Seiten. Sie interessierte sich für medizinische Dinge? Wie rätselhaft. So rätselhaft wie ihre ganze, immer vielschichtiger und ungewöhnlicher werdende Persönlichkeit.

10. Kapitel

Der Obstgarten des Herrenhauses erstreckte sich in einem mauerumsäumten Viereck an der Südwest-Ecke des Gebäudes und schloß direkt an den Küchentrakt an. Erleichtert trat Leonor unter den Schatten der Bäume. Die reifenden Äpfel verrieten, daß es eine üppige Ernte geben würde, wenngleich die Früchte in diesem Jahr klein geblieben waren. Ihr Anblick jedoch kündete den nahenden Herbst ebenso wie die glasklare Luft, die schon die Ahnung des bevorstehenden Jahreszeitenwechsel in sich trug.

So sehr sie in den ersten, schlimmen Tagen auf Wintash unter der bedrückenden Einsamkeit gelitten hatte, jetzt suchte sie die spärlichen Möglichkeiten, allein ihren Gedanken nachzuhängen. Indes, von der Haushälterin, den Dienstboten, dem Küchenpersonal und nicht zuletzt dem jungen Viscount Feversham in jeder Angelegenheit um Rat gefragt zu werden, entwickelte sich zu einer Beschäftigung, die den größten Teil ihrer Zeit in Anspruch nahm.

Oft fand sie nur in den Nächten Muße, die wirren, schrecklichen Fantasien zu ordnen, die beharrlich stets auf eines hinausliefen. Ihr Gatte wollte sie ermorden! Wer immer das Gift in ihr Essen tat, die treibende Kraft dahinter mußte Gervais Croyde heißen! Wenn es noch eines weiteren Beweises bedurft hätte, so hatte sie ihn innerhalb der vergangenen Woche erhalten.

Seit sie, unter dem Vorwand unerträglicher Magenschmerzen, nur noch das Nötigste aß und sich hier auch auf Dinge beschränkte, die man kaum präparieren konnte, hatte sich ihr Zustand wesentlich gebessert. Die

Migräne ließ nach, die würgende Übelkeit war vorbei. Eingetauscht gegen das Gefühl ständigen Hungers, da sie bei den Mahlzeiten nur wenige Löffel von Gerichten aß, bei denen sie sicher sein konnte, daß auch Gervais sich aus der gleichen Schüssel bediente. Sie wagte weder die portionierten Süßspeisen, die kleinen Törtchen noch den stark gesüßten Mokka anzutasten, der anfangs lediglich für sie serviert worden war.

Die Empörung, der Zorn, die Angst und die bedrükkende Erkenntnis, daß sie niemanden um Hilfe bitten konnte, waren eine zusätzliche Strapaze für ihre Nerven. Mit einer unbewußten, Schutz suchenden Geste schlang sie die Arme um den eigenen Oberkörper.

Was sollte sie tun? Wie mit der beschämenden und erniedrigenden Erkenntnis leben, daß sie den Mann, der sie töten wollte, gegen jede Vernunft auch noch liebte? War sie verrückt geworden? Verhext von einem Blick aus sommerblauen Augen und Küssen, die sie lediglich dem Einfluß von zuviel Brandy zu verdanken hatte?

Leonor stellte sich auf die Zehenspitzen, um nach einem Apfel zu greifen, der bereits die erste Andeutung von Röte zeigte. Sie rieb die Frucht am Ärmel ihres dunkelgrauen Taftkleides ab und biß hinein. Die bittere Säure des unreifen Apfels trieb ihr die Tränen in die Augen, aber sie kaute tapfer. Das Verlangen nach Nahrung war zu einem dauernden Begleiter geworden, da sie es nicht riskierte, heimlich zu essen.

Monsieur Philippe stürzte sich jedes Mal förmlich auf sie, sobald sie seine Küchenräume betrat. Er würde ihre angebliche Appetitlosigkeit als persönlichen Affront gegen seine Kochkunst werten, sobald er erfuhr, daß sie in Wirklichkeit gar nicht krank war. Unter seinen flinken Augen war es glattweg unmöglich, auch nur die kleinste Brotscheibe verstohlen einzustecken. Ihre anfängliche Kritik hatte seinen Ehrgeiz angestachelt und ihn wieder zu jenem Perfektionisten gemacht, den der zehnte Earl ursprünglich eingestellt hatte.

Auch Mrs. Burnes, die ihr erst so ablehnend begegnet war, hatte sich in reine Besorgnis gewandelt. Ganz zu schweigen von Gervais, Fennimore und sogar Lady Amanda, die ihr ständig zuredeten, mehr zu essen. Nur Dr. Fielding gratulierte ihr bei jeder seine Untersuchungen erfreut zu dieser aufgezwungenen Diät.

Eine Hungerkur, die von der anhaltenden Angst um das eigene Leben diktiert wurde! Mit einer Grimasse sah Leonor an sich herab. Da war kein Kleid in ihrem Schrank, das inzwischen nicht in Falten an ihr hing, und in dem sie sich wie ein kleines Kind fühlte, das heimlich die Gewänder der Mutter probierte.

Angewidert warf sie den angebissenen Apfel mit weitem Schwung ins Gras und lehnte sich mit dem Rücken gegen den sonnenwarmen Stamm eines uralten, knorrigen Obstbaumes. Wieviel Zeit blieb ihr, bis Gervais merken würde, daß sein Gift die Wirkung verloren hatte? Bis er einen anderen, wirksameren, noch tödlicheren Plan schmiedete, um an ihr Vermögen zu kommen?

Sogar jetzt, im hellen Tageslicht, drohte sie die Verzweiflung zu überwältigen. Es waren so bescheidene Träume gewesen, die sie mit dieser Eheschließung verbunden hatte. Ein eigenes Heim, Kinderlachen, ein Mann, der sie sicher nicht lieben, aber vielleicht wenigstens achten würde. Warum nur hatte ihr Vater den Earl von Wintash zu dieser Heirat gezwungen? Was nützte ihm die Genugtuung, daß seine Tochter eine Lady geworden war? Was würde mehr von ihr bleiben, als eine Marmortafel mit ihrem Namen, irgendwo in der Ecke der Familiengruft?

»Leonor! Was für ein Glück, daß ich dich gefunden habe. Gervais sucht dich überall!«

Leonor schrak zusammen, als Fennimore im Durchgang zum Park auftauchte. Gervais? Dem wollte sie jetzt keinesfalls gegenübertreten. »Sag ihm nicht, daß ich hier bin! Bitte, verrat mich nicht!«

»Tsts, Ehekrach?« erkundigte sich der Viscount Feversham im Näherkommen und zog eine Grimasse. »Was hat er auf dem Kerbholz, der Arme?«

»Alberner Kerl.« Leonor zwang sich zu einem müden Lächeln. Fenn liebte seinen großen Bruder, und sie ließ ihm seine Illusionen über den Earl. Trotzdem war ihr nicht nach Scherzen zu Mute. »Ich möchte einfach ein bißchen allein sein, ist das so ungewöhnlich?«

Fenn überging die deutliche Aufforderung und schwang sich geübt auf den tief hängenden, unteren Ast eines Baumes in Leonors Nähe. »Hat dich meine verehrte Frau Mama geärgert?« setzte er sein Verhör fort.

»Warum sollte sie das?«

»Weil sie die Schneiderin nach St. Agnes zurückgeschickt hat, ohne dir Bescheid zu geben.«

»Welche Schneiderin?« Leonor krauste die Stirn. Von einer Schneiderin war ihr nichts bekannt.

»Ihre Modistin«, erklärte Fenn. »Jenes Wesen, das dafür sorgt, daß Mama in der Einöde von Wintash modisch ständig auf dem laufenden ist. Sag bloß, du weißt nicht, daß Gervais sie gebeten hat, die Frau zu dir zu schicken, wenn sie das nächste Mal kommt...«

»Ich b-brauche keine Modistin«, protestierte Leonor sofort. »Wozu denn?«

Fenn verzog den Mund. »Läufst du eigentlich gerne in Sack und Asche herum? Ich kenne niemanden, der so wenig Wert auf seine äußere Erscheinung legt wie du. Ohne Jane würdest du vermutlich noch immer diesen gräßlichen Vogelnestknoten auf deinem Kopf herumtragen und uns in Kostümen aus mausbrauner und dunkelschwarzer Wolle becircen!«

»Mein Vater ist vor zwei Monaten gestorben, es schickt

sich nicht, daß ich mich in helle Farben kleide«, wehrte Leonor strikt ab.

»Deine Trauer in Ehren, aber erfordert es der Respekt vor deinem Vater auch, daß du Gewänder trägst, die an dir hängen wie die Lumpen einer Krauthexe?«

»Fennimore!«

Ihre Empörung war an ihn verschwendet. Er grinste lediglich. »Du brauchst gar nicht so entrüstet deine kleine Nase zu rümpfen, wenn ich dir die Wahrheit sage, meine liebe Stiefschwägerin. So bedauerlich es ist, daß deine Gesundheit im Augenblick angeschlagen ist, die Tatsache, daß du dadurch schlanker geworden bist, kann dir doch keinesfalls entgangen sein. Daß Gervais möchte, daß du Garderobe trägst, die dir steht und die einer Lady Wintash angemessen ist, kann doch wohl keine Beleidigung für dich sein, oder?«

Leonor drängte energisch das attraktive Bild von sich selbst, in modischen Roben, in den hintersten Winkel ihres Herzens. Eitelkeit hatte zu jenen verwerflichen Dingen gehört, die Miß Mcintosh an einer jungen Dame besonders heftig rügte. Erstaunlich, daß sie die entsprechende Bibelstelle inzwischen vergessen hatte, die sie zu diesem Thema wieder und wieder abschreiben hatte müssen.

»Es ist lieb von dir, daß du dich um meine Gewandung kümmerst«, wehrte sie ab. »Aber ich bin alt genug, um selbst zu entscheiden, was ich tragen möchte. Deine Mutter hat völlig in meinem Sinne gehandelt, als sie die Schneiderin entließ. Ich möchte keine anderen Kleider. Ich möchte...«, sie brach abrupt ab.

»Du möchtest was?« Fennimore war sich bewußt, daß sie soeben im letzten Moment einen Satz unausgesprochen gelassen hatte, der ihm sicher einiges über sie und ihre unverständliche Ablehnung verraten hätte.

Leonor schenkte ihm ein Lächeln, das zugleich bitter

und resignierend war. »Ich möchte einen Mann, der mich liebt, und keinen Gatten, der Mordpläne schmiedet«, hätte sie am liebsten gesagt. »Ich möchte einen echten Freund, dem ich mich anvertrauen kann, aber du bist erst siebzehn. Ich fürchte, daß du dich für deinen Bruder entscheidest, wenn ich dich vor die Wahl stelle.« Aber obwohl diese kleine Rede ihre Gedanken beherrschte, blieben ihre Lippen vorsichtig verschlossen.

»Meine Ruhe«, murmelte sie statt dessen. »Die Stille, die ich unter diesen Bäumen gesucht habe...«

»Bist du sicher, daß du dich auch wohl fühlst? Soll ich dich ins Haus bringen?«

»Danke, das ist völlig unnötig.«

»Und Gervais?«

»Sag ihm, daß du mich nicht gefunden hast...«

»Ich lüge ihn ungern an...«

Die Loyalität, die er seinem Stiefbruder entgegenbrachte, rührte und reizte Leonor zugleich. Nur mühsam bezwang sie ihre Ungeduld. »Dann sag die Wahrheit und füg hinzu, daß er sich den Weg hierher sparen kann, da ich bereits fort sein werde, wenn er kommt...«

Fennimore ließ sich von seinem Sitz gleiten. In plötzlicher Unsicherheit druckste er ein wenig herum und platzte dann doch mit der Frage heraus, die ihn schon die ganze Zeit beschäftigte. »Was ist passiert, zwischen dir und Gervais? Es gab einige Augenblicke, da war ich mir sicher, daß du ihn magst. Dein Gesicht wurde ganz weich, wenn du ihn beobachten konntest, ohne daß er es merkte. Jetzt ist da nur Härte, Stolz und Ablehnung.«

Leonor starrte ihn an. Für einen Siebzehnjährigen hatte er einen scharfen Blick und gute Beobachtungsgabe. Das Auge eines Malers. Trotzdem war er erst ein

Junge auf der Schwelle zum Mann. Ein Croyde, dessen Solidarität in erster Linie seiner Familie gehörte und nicht der Frau, die sich auf Grund mysteriöser Machenschaften ihres Vaters in diese Reihen gedrängt hatte.

»Frage deinen Bruder«, seufzte sie endlich. »Auch die größte und einfältigste Liebe überlebt es nur schwer, wenn man sie mit Füßen tritt.«

»Warum weigerst du dich, mit ihm zu sprechen?«

»Warum gehst du deiner Mutter aus dem Wege, wenn du es einrichten kannst?«

Fennimore zuckte zusammen. Es war ihm sichtlich unangenehm, daß Leonor ihn mit seinen eigenen rhetorischen Waffen schlug. »Weil es nur Ärger gibt, wenn ich es nicht tue«, entschloß er sich dann doch für die ungeschminkte Wahrheit. »Sie verlangt Dinge von mir, die mir widerstreben, und sie versteht nie die wirklichen Gründe meiner Ablehnung.«

»Da hast du deine Antwort auch von mir«, lächelte Leonor ein wenig mühsam. »Ich wünschte, ich könnte das Rad der Zeit zurückdrehen und wieder Leonor Epworth sein. Ich gehöre nicht hierher, obwohl dein Bruder meint, daß mich der gleiche Ehrgeiz nach Titel und Ansehen bewegt, wie meinen Vater. Wenn er nur wüßte, wie sehr er sich täuscht!«

Ohne Fennimore Gelegenheit zu einer neuerlichen Entgegnung zu geben, raffte sie ihre Röcke und ging wieder ins Haus. Der ständige Hunger, die Verzweiflung und das sinnlose Kopfzerbrechen, hatten sie fast in einen Zustand der Trance versetzt, der dem einer Schlafwandlerin glich. Eine durchsichtige silberne Nebelwolke trennte sie vom Rest der Welt. Sie sah nicht einmal, daß sich ein Stubenmädchen in der großen Halle hastig bekreuzigte, als sie mit glühenden Augen, ohne es zu merken, direkt an ihm vorbeischritt.

Sie kam erst wieder zu sich, als sie genau gegen den

Menschen lief, dem sie in diesem Moment am allerwenigsten begegnen wollte. Gervais Croyde konnte eben noch zufassen, um seine Gattin von einem drohenden Sturz zu bewahren. Aus der Wolke der Haare, die sich bei dem heftigen Zusammenstoß schwer und rebellisch aus den Nadeln befreit hatte, stieg der nur zu bekannte Hibiskusduft auf. Stürmische graue Augen sahen ihn zuerst verwirrt an. Dann wurde er Zeuge, wie ihr Ausdruck blitzschnell wechselte. Von der Verblüffung, zu unverhüllter Zuneigung, zu aufflammendem Mißtrauen und schließlich eindeutig zu Furcht.

»Es tut mir leid, wenn ich dich erschreckt habe«, versuchte er erst einmal das letzte Gefühl zu beruhigen. »Ich war auf der Suche nach dir, aber es eilt keineswegs so sehr, daß du dich gleich in meine Arme stürzen mußt.«

Leonor riß sich mit einer unbeherrschten Bewegung aus dem gefährlichen Bann. So sehr sie das trügerische Gefühl von Freundlichkeit und Trost genoß, das sie, an ihn geschmiegt, kurzfristig empfand, sie durfte in keiner Sekunde vergessen, was sie über seine Pläne wußte. Die Anteilnahme, mit der er sie in den letzten Tagen behandelte, war sicher nur ein Teil seines raffinierten Anschlages. Er wollte sie in Sicherheit wiegen, damit er sie zum richtigen Zeitpunkt um so leichter vernichten konnte.

»Ich habe dich übersehen. Es lag nicht in meiner Absicht, mich in deine Arme zu werfen«, wehrte sie sich spröde, aber ohne die gewohnte Befangenheit. Die Verzweiflung, die sie erfüllte, ließ keinen Raum mehr für ihre übliche Schüchternheit. »Würdest du mich bitte freigeben?«

»Soweit ich mich erinnere, hat es dir unlängst sehr gefallen, daß ich dich gehalten habe«, murmelte der Earl und lockerte seinen Griff nur widerwillig.

»Ich bezweifle, daß das Gedächtnis eines Betrunkenen

in allen Einzelheiten den Tatsachen entspricht!« verweigerte sie den Rückblick.

Der Earl zog eine Grimasse. »Ich nehme an, diesen Vorwurf habe ich verdient. Heute indes bin ich mir keiner Schuld bewußt. Ich wollte dich einladen, mit dir nach St. Agnes fahren.«

Leonor runzelte die Stirn, nicht ahnend, daß sich dabei die Farbe ihrer Augen vom dunkeln Grau in glänzendes Zinn verwandelte. Nach St. Agnes? Welche neue Tücke steckte hinter diesem Angebot?

»Man könnte meinen, ich hätte dir angeboten, von Fennimores Malerturm zu springen«, scherzte Gervais. »Hast du keine Lust einen Tag in der Stadt zu verbringen? Wir könnten im Goldenen Lamm essen und ein paar Einkäufe machen. Madame Coudert, die Lady Amanda einkleidet, hat einen hübschen, kleinen Salon ganz in der Nähe des Gasthofes. Ich könnte mir vorstellen, daß es dir, wie allen Frauen, Freude macht, ihre neuesten Stoffe zu bewundern. Wenn sie deine genauen Maße nimmt, ist es ihr ein Leichtes, in Kürze eine neue Garderobe für dich zusammenzustellen.«

»Sehr liebenswürdig, danke. Wenn ich den Eindruck habe, daß ich neue Kleider brauche, werde ich sicher darauf zurückkommen.«

Der trotzige Schwung, mit dem Leonor das Kinn hob und seinem fassungslosen Blick ruhig und scheinbar völlig gelassen standhielt, kostete sie eine Menge Kraft. Glücklicherweise verbargen die weiten Röcke das Beben ihrer Knie.

Der Earl von Wintash hob eher hilflos die breiten Schultern. »Wie dumm von mir, zu glauben, daß du wie jedes andere weibliche Wesen reagieren könntest«, sagte er schließlich mit einem erzwungenen Lächeln. »Ich hatte dein Wohl im Auge, auch wenn du das offensichtlich bezweifelst. Gib mir die Möglichkeit zu beweisen, daß ich meine Fehler eingesehen habe. Gönn mir wenigstens soviel Vertrauen, wie du es Fennimore entgegenbringst!«

Leonor strich sich mit beiden Händen die Haare aus der Stirn und versuchte, die Nadeln neu festzustecken. Es gelang ihr nur unvollkommen, so daß sich die weichen, losen Locken wie ein mahagonifarbener Rahmen um ihr blasses Gesicht ringelten. Die volle Unterlippe, in die sie nervös die Zähne vergraben hatte, schimmerte feucht. Er wußte von den Stunden, die sie mit Fenn verbrachte, wenn er malte. Sein kleiner Bruder hatte ihm die Skizzen gezeigt, die er von ihr angefertigt hatte. Bilder, deren Ähnlichkeit mit seiner Gemahlin er erst jetzt ganz erfaßte.

Sein Blick verfing sich an ihrem bebenden, verlockenden Mund, der so wenig zu den strengen Prinzipien paßte, die sie in ihren Reden vertrat. Das Dämmerlicht des breiten, teppichbelegten Ganges, der zur Ahnengalerie von Wintash führte, verschluckte zudem die Düsternis ihres unvorteilhaften Kleides und warf weiche Schatten über die Konturen ihres makellos ovalen Antlitzes. Eine Elfenbein-Schnitzerei von zauberhafter Meisterschaft. Jetzt begriff er, warum Fennimore sie zu seinem bevorzugten Modell auserkoren hatte.

Wie gelähmt, sah Leonor, daß er erneut die Arme hob und nach ihr ausstreckte. Sie wollte zurückweichen, den kräftigen, schmalen Männerhänden entfliehen, die sich mit Sicherheit in der nächsten Sekunde um ihren Hals legen und zudrücken würden, aber sie stand völlig reglos. Die ungeheuerliche Erkenntnis, daß sie sogar lieber von ihm getötet werden würde, als ohne ihn zu leben, betäubte jede Fähigkeit zu normaler Reaktion in ihr.

Doch Gervais hatte anderes im Sinn. Seine Finger umfaßten die schmalen Schultern und zogen Leonor stetig näher. Ohnmächtig registrierte sie die geschmeidige Bewegung, mit der er den Kopf neigte, bis seine Lippen die ihren bedeckten. Es war ein leichter, fast fragender, warmer Kuß, der schnell an Intensität gewann, als er auf keine ernsthafte Gegenwehr traf. Sie spürte die Liebkosung ihrer Mundwinkel, die Schwäche in ihre Glieder sandte, die sanfte Herausforderung mit der er an ihrer Unterlippe sog.

Leonor schloß die Augen, ganz den wirren Gefühlen ausgeliefert, die Gervais in ihr entfachte. Jählings wurde sie sich des muskulösen Männerkörpers bewußt, der den Wölbungen ihrer Figur Widerstand entgegensetzte und gleichzeitig Schauer der Erregung über ihre Haut laufen ließ. Jeder Versuch, klares Bewußtsein zu bewahren, schien von vornherein zum Scheitern verurteilt. Schon einmal hatte sie gegen jede Einsicht den törichten Wunsch verspürt, sich hinzugeben, aufzulösen und zu lieben. Ihn zu lieben!

»Lieber Himmel, entschuldigt die Störung! Wie peinlich, aber ich konnte natürlich nicht wissen...« mit einem trillernden Lachen brach die Stimme ab, und Leonor taumelte, so plötzlich wurde sie freigegeben.

Sie starrte Lady Amanda an, die vor ihr stand. Der Rock ihres modischen Organdi-Kleides, der von einer nagelneuen französischen Krinoline auf monströse Weite gebauscht wurde, schwang von ihrem letzten Schritt nach und nahm fast die ganze Breite des Ganges ein. Jetzt raffte sie anmutig den Seidenschal, der ihre bloßen Schultern über dem gewagten Ausschnitt bedeckte und drohte Gervais gespielt entrüstet mit dem Finger, während ein maliziöses Lächeln ihre Lippen verzog. »Welche blinde Leidenschaft, mein Lieber. Trotzdem solltest du auch an unsere Dienstboten denken, wenn du dich mit deiner kleinen Frau amüsierst. Wintash hat schließlich genügend Zimmer, deren Tür man für diesen Fall hinter sich schließen kann...«

Ernüchtert machte Leonor auf dem Absatz kehrt und lief davon. Lady Amandas weitere Worte verstand sie ebensowenig wie Gervais Antwort, aber ihr bloßer Tonfall tat in den Ohren weh. Sie hielt erst inne, als sie sich zwischen den vier Wänden ihres eigenen Zimmers wenigstens einigermaßen in Sicherheit fühlte.

Gedemütigt, müde und hungrig sank sie in den nächsten Sessel. Am Kensington Square hätte sie jetzt nach einem Mädchen geklingelt, um sich eine stärkende Tasse Tee und ein paar Scheiben Früchtekuchen bringen zu lassen. Nicht einmal dieser Trost blieb ihr. Wer garantierte ihr schon, daß der Tee nicht vergiftet war?

11. Kapitel

Später würde Leonor an die Wochen dieses Septembers stets als eine zugleich unwirkliche und zutiefst entsetzliche Zeit zurückdenken. Es ereignete sich nichts. Dennoch enthielt gerade dieses Nichts alle Schrecken der Welt. Sie wagte weder vernünftig zu essen, noch ruhig zu schlafen. Ständig von eingebildeten Ängsten verfolgt, war sie mit ihren Nerven völlig am Ende.

Nur in Fennimores Gesellschaft gelang es ihr manchmal, zu vergessen. Er vergeudete das Papier seines Skizzenblocks an sie, und sie machte sich daran, seine ihrer Meinung nach bescheiden geratene Allgemeinbildung zu verbessern. Niemand schien sich der Mühe unterzogen zu haben, zu kontrollieren, mit welchem tatsächlichen Erfolg die wechselnden Hauslehrer den jungen Viscount unterrichtet hatten. Er war von schneller Auffassungsgabe, aber von allem gelangweilt, was nicht unter die Rubrik Malerei oder Kunst fiel.

Der Zwang, sich auf Sachgebiete zu konzentrieren und sein Interesse an Dingen zu wecken, die er selbst für überflüssig hielt, lenkte Leonor ab. Sowohl von ihrem Kummer, wie auch von dem ständigen Verlangen nach Nahrung. Und manchmal wagte sie auch die eine oder andere Frage zu stellen, die ihr besonders am Herzen lag.

»Warum warst du eigentlich nicht in Eton oder einer dieser anderen Schulen für noble junge Herren?« wollte sie wissen, während sie an einem stürmischen Tag im Wintergarten saßen, wo sie prüfend die Pflanzen-Bestellliste des neuen Gärtners durchging.

Fennimore grinste und hob den Zeichenstift, um an ihrem Profil Maß zu nehmen. »Ein wichtiger Streitpunkt zwischen meinem Vater und meiner lieben Mutter. Ich nehme an, es war so eine Art Rache von ihr, daß sie das verhindert hat. Vater bestand darauf, und es hat ihr stets besonderes Vergnügen bereitet, seine Pläne zu vereiteln. Was ich dazu wünschte oder denken mochte, hat sie nie sonderlich interessiert. Wichtig war nur, daß Vater sich ärgerte.«

»Wie das?«

»Sie haßten sich!« erklärte der junge Viscount Feversham gelassen. »Meine Eltern konnten kaum gemeinsam in einem Zimmer sein, ohne daß sie sich stritten. Welches Rätsel dazu geführt hat, daß ich zur Welt kam, weiß ich nicht. Vermutlich hat er sie dazu gezwungen, nachdem Gervais aus dem Haus war! Eine Vergeltungsmaßnahme dafür, daß sie seinen Erben nicht aufziehen wollte...«

»U-Unsinn!« protestierte Leonor.

»Tatsache!« verbesserte Fennimore. »Warum die beiden geheiratet haben, werde ich nie begreifen. Der zehnte Earl hat seine Frau kein einziges Mal nach London mitgenommen. Sie lebte hier in einer Art unfreiwilligem Exil und hat den Tag herbeigesehnt, an dem er stirbt und sie endlich frei ist. Daß nun diese Freiheit von unserem mangelnden Vermögen beschnitten wird, ist ein herber Schlag für sie. Sie hatte sich ziemlich viel von Gervais' reicher Hochzeit versprochen.«

Leonor vermochte sich einfach nicht an den Ton zu gewöhnen, in dem der junge Viscount von seiner Mutter sprach. Lady Amanda und das Bild, das er von ihr zeichnete, waren in ihren Augen so verschieden wie Tag und Nacht.

»Du tust deiner Mutter Unrecht«, wies sie ihn zurecht. »Sie ist zu bedauern. Es gibt kaum Schlimmeres, als eine Ehe, die von Haß und Verachtung bestimmt wird. Das darfst du mir glauben...«

»Aber Gervais haßt dich nicht.«

Einmal mehr bewies Fenn, daß hinter seinem leichten Geplauder trotz der Bildungslücken ein kluger Kopf steckte. Leonor errötete und preßte die Lippen schmal aufeinander. Seit dem Vorfall in der Ahnengalerie hatte sie es sorgfältig vermieden, mit ihrem Gatten allein zu sein. Sie traute weder ihm, noch sich selbst.

»Dafür verachtet er mich!« erklärte sie trocken. »Die Menschheit beginnt für ihn bei einer mehrhundertjährigen Ahnenreihe im Dienste der Krone. Die Epworths haben peinlicherweise nur sich selbst gedient, und über die Herkunft meiner armen Mutter weiß ich keine Silbe.«

»Du tust Gervais Unrecht«, wies er sie mit den gleichen Worten auf ihre Fehler hin. »Er war fünf Jahre alt, als seine Mutter an den Pocken starb. Vater schickte ihn später auf Betreiben von Lady Amanda nach Wiltshire, wo die Familie von Lady Ann wohnte. Dort blieb er bis zu seinem fünfzehnten Lebensjahr. Die Vayles haben ihn über alles geliebt und gewaltig verwöhnt. Sie haben ihm die Überzeugung eingeimpft, daß er der Nabel der Schöpfung ist, das begnadete Produkt einer langen Reihe nobelster Ahnen. Er sah sich als so eine Art Ritter in schimmernder Rüstung, auf dem Weg, das Gute in der Welt zu verteidigen. Wieder daheim, muß er ahnungslos in die Konflikte zwischen dem Earl und seiner zweiten Frau geplatzt sein. Er glaubte, die schöne Lady verteidigen zu müssen, obwohl auch er nie dahinterkam, warum die beiden sich derart verachteten. Vater löste das Problem, indem er ihn kurze Zeit später vor die Wahl stellte, entweder auf die Universität oder zum Militär zu gehen. Erst in den letzten Jahren kam er wieder regelmäßig nach Wintash.«

In Leonors lebhafter Fantasie tauchte das Bild eines begeisterungsfähigen, jungen Gervais auf, der sich vermutlich mit dem ungeschmälerten Elan eines fünfzehnjährigen in seine nur wenig ältere, unglückliche Stiefmutter verliebt hatte. Aber wo paßte diese romantische Vorstellung zu dem Einunddreißigjährigen, der seine Frau umbringen wollte, um ihr Vermögen zu erhalten? Was hatte sich in den dazwischen liegenden sechzehn Jahren ereignet, um den anerzogenen Stolz und die Ritterlichkeit in Arroganz und Gewissenlosigkeit zu verwandeln?

»Ich nehme an, inzwischen hat er die Gründe sicher erfahren«, beendete sie die Diskussion und nahm sich ihre Papiere wieder vor. Aber die Worte vor ihren Augen ergaben keinen Sinn, weil sie trotz allem heimlich über das Gehörte nachgrübelte. Fennimore war seinem Stiefbruder aufrichtig zugetan; was würde er sagen, falls er erfuhr, mit welch mörderischen Plänen der Earl das Familienvermögen für Lady Amanda zu sanieren gedachte?

»Vermutlich hat er nur die Version meiner liebenswürdigen Mutter erfahren«, ignorierte der junge Viscount ihre Ablehnung. »Ich möchte wetten, daß das erst eine Hälfte des Apfels ist. Sie hätte nie einen verbitterten Mann geheiratet, dessen einziges Ziel die totale Selbstzerstörung war. Bleibt der logische Schluß, daß er vor der Eheschließung anders gewesen sein muß, und sie etwas mit seiner schrecklichen Verwandlung zu tun hatte. Klingt doch einleuchtend, oder?«

»Es hört sich eher nach einem zweitklassigen Leihbibliotheksroman an«, folgerte Leonor betont nüchtern. »Du hast zuviel Einbildungskraft. Es wird höchste Zeit, daß du mit anderen jungen Leuten zusammenkommst und ein wenig mehr vom Leben erfährst, als das Bißchen, das sich in den Mauern von Wintash ereignet. Ich werde mit deiner Mutter sprechen. Vielleicht ist sie bereit, dich auf die Universität zu schicken, wenn ich die vollen Kosten dafür übernehme.«

Eine lästige Stimme in ihrem Hinterkopf protestierte sofort. Wenn Fennimore weg war, hatte sie keinen einzigen Freund mehr auf Wintash. Dessen ungeachtet nahm sie sich vor, das Gespräch mit Lady Amanda umgehend zu führen. Zu sehr war sie lebenslang daran gewöhnt, daß niemand Rücksicht auf ihre tatsächlichen Wünsche nahm. Sie würde sich auch bei Fennimores möglicher Abreise in das Unabänderliche fügen, so wie sie es bisher immer getan hatte. Es war sowieso an der Zeit, daß sie alles nüchterner und gelassener betrachtete. Daß sie sich nicht länger von wirren Ängsten und unbewiesenen Schrecken terrorisieren ließ.

»Sie wird beglückt sein, daß du ihr Geld anbietest«, stichelte Fenn unverbesserlich. »Sie wird es mit ihrem charmantesten, falschesten Lächeln nehmen, dich ihre Allerliebste nennen und es anschließend für sich selbst ausgeben. Wollen wir wetten?«

»Ich finde, daß du heute höchst unerfreulich bist«, mahnte Leonor. »Aber vermutlich muß ich dir beweisen, daß ich es ernst meine.«

Schon am nächsten Tag ergab sich die Gelegenheit für diesen Beweis. Lady Amanda, des kühlen Windes wegen, der vom Meer wehte, nicht länger in Musselin, sondern in raschelnden, mitternachtsblauen Taft gekleidet, verzichtete nach der gemeinsamen Mittagsmahlzeit auf ihre übliche, ausgedehnte Ruhestunde. Zusammen mit Leonor begab sie sich in den Damensalon und sank dekorativ auf ein zartgelbes Sofa mit frisch vergoldeten Füßen.

»Möchtest du ebenfalls einen Mokka?« erkundigte sie sich zuvorkommend, während der Butler das Getränk servierte.

»Nein, danke«, lehnte Leonor ab, obwohl ihr der aromatische Duft verführerisch in die Nase stieg.

»Deine Gesundheit ist angegriffen, meine Liebe«, stellte Lady Amanda fest und nippte an der hauchzarten Porzellantasse. »Dein Appetit läßt zu wünschen übrig, und du wirst mit jedem Tag weniger. Du mußt besser auf dich achten!«

Unwillkürlich strich Leonor über ihre Taille. Auch das engste ihrer Kleider hing inzwischen mehr als formlos um ihre schmale Figur, und nur Schärpen und Gürtel hielten die Falten einigermaßen zusammen. Ein Wunder war es nicht, wenn sie daran dachte, daß sie heute nur eine winzige Scheibe Roastbeef mit Gemüse gegessen hatte, da sie sich bei diesen beiden Gerichten selbst von der Platte bedienen konnte, die ihr zugereicht worden war.

Mit einem Anflug von Zynismus bemerkte sie indes bei sich, daß das ständige Hungergefühl merkwürdigerweise sogar erträglicher geworden war. Entweder hatte sich ihr Magen an die geringe Nahrungsmenge gewöhnt, oder sie sich an ihre unbefriedigte Eßlust.

»Es geht mir gut«, wehrte sie deswegen auch Lady Amandas Besorgnis ab. »Dr. Fielding hat mir geraten, weniger zu essen. Ich folge nur seinem ärztlichen Rat...«

»Aber du siehst blaß aus.« Lady Amanda war die Fürsorglichkeit in Person. »Ein wenig frische Luft würde dir gut tun! Seeluft! Wie schade, daß dich niemand reiten gelehrt hat. Naja, was kann man von einem gewöhnlichen Kaufm... oh, entschuldige, Liebste. Ich wollte nicht unhöflich sein, dein armer Vater hatte sicher stets nur das Beste für dich im Sinn.«

Die Lady errötete beschämt, und Leonor lächelte ihr beruhigend zu. Sie war nicht beleidigt, eher genervt. Mit Ausnahme von Fennimore, schien jedes Mitglied dieser Familie nur daran interessiert zu sein, die exklusive und noble Abstammung der Wintashs im Vergleich mit ihrer einfachen Herkunft zu betonen. Die revolutionären Ideen von Gleichheit und Brüderlichkeit aus Frankreich, waren an den historischen Mauern des alten

Schlosses gründlich gescheitert. Hier herrschte noch die strikte Trennung zwischen Adel und Volk.

»Ich fürchte mich vor Pferden«, erklärte sie mit einer Spur von Trotz. »Es erscheint mir wenig erstrebenswert, auf der Höhe ihres Rückens zur Erde zu fallen, und fortbewegen kann ich mich auch in einem Wagen.«

Lady Amanda lachte hell auf, aber es klang ein wenig geziert. Sie stellte ihre Mokkatasse ab und klatschte wie ein begeistertes junges Mädchen in die Hände.

»Ich habe eine wundervolle Idee! Wir beide werden eine Ausfahrt machen! Hol dir einen Hut und einen Umhang, ich lasse die Pferde anspannen. Ich werde dir beibringen, wie man die Zügel führt! Welch eine Abwechslung!«

Leonor fühlte sich an ein kleines Kind erinnert, das beim plötzlichen Anblick eines neuen Spielzeuges völlig aus dem Häuschen gerät. Allein, vielleicht war eine Spazierfahrt mit Lady Amanda genau das Richtige für ihre Zwecke. Bei der Gelegenheit konnte sie ganz nebenbei Fennimores Zukunft zur Sprache bringen und ihr Angebot machen, ohne daß die Gefahr bestand, daß sich ihr Gatte in seiner üblichen abweisenden Art einmischte und jede finanzielle Hilfe, wie gewöhnlich, strikt ablehnte.

Sie wäre auch kaum im Stande gewesen, die Einladung zu verweigern. Lady Amanda machte Pläne, ohne sie überhaupt um ihr Einverständnis zu fragen. »Wir treffen uns in einer halben Stunde bei den Ställen! Du wirst sehen, es wird ein wundervoller Nachmittag! Die Seeluft wird Farbe in deine Wangen bringen.«

Leonor erwiderte ihr Lächeln, und für einen Moment lang vergaß sie sogar ihre Probleme. War es möglich, daß sie in Lady Amanda doch noch eine Freundin, eine Vertraute finden konnte? Jemand, bei dem sie den so dringend benötigten, mütterlichen Rat erhielt? Sie schob ihr Wissen um Fennimores problematisches Verhältnis zu seiner Mutter zur Seite. Sie kannte schließlich nur eine Version der Geschehnisse.

Plötzliche Hoffnung beflügelte ihre Schritte, und fast wäre sie an Gervais vorbeigelaufen, der soeben in der Halle einem Lakaien den prall gefüllten Postsack überreichte. Im letzten Moment verhielt sie und erwiderte leise, kaum hörbar, seinen Gruß.

Als der Diener das Haus verließ, kam ihr jählings zu Bewußtsein, daß sie zum ersten Male, seit jenem Kuß, bei dem Lady Amanda sie gestört hatte, wieder allein mit ihm war. Warum hatte sie nicht besser aufgepaßt? Suchend schaute sie sich um, niemand ließ sich blicken.

»Hast du einen Augenblick Zeit für mich?« erkundigte sich Lord Wintash, nicht ahnend, daß er Leonor damit an den Rand der Hysterie brachte. Sie schüttelte stumm den Kopf, wie immer regelrecht paralysiert von der sinnlichen Faszination, die er auf sie ausübte, und die sie vergeblich zu bekämpfen versuchte. Welchen Zauber warf er aus diesen kobaltblauen Augen über sie?

»Leonor, wir müssen miteinander reden. Warum weichst du mir ständig aus? Man könnte meinen, du wärest mit Mrs. Burnes oder gar Fenn verheiratet, mit beiden verbringst du wesentlich mehr Zeit als mit mir!«

»Ich erinnere mich, daß du mir gesagt hast, ich könne die Rolle der Lady Wintash spielen, ich solle jedoch dich von meiner Anwesenheit und meinen Aufmerksamkeiten gefälligst verschonen!« Leonor hatte selbst nicht geahnt, wie genau sich die kränkenden Worte in ihrem Kopf festgesetzt hatten.

»Hast du vergessen, daß ich dich dafür längst um Verzeihung gebeten habe?«

Mit einer automatischen Geste strich sie die Falten ihres Rockes glatt und machte ihm unbewußt klar, daß er jetzt diese Taille vermutlich ohne weiteres mit beiden Händen umspannen konnte. Auch die lichtgrauen Augen standen nun in einem Antlitz, dessen durchsichtige Haut sich über einer harmonischen Knochenstruktur spannte, und das mit seinen plötzlich betonten Wangenknochen und der zierlichen, geraden Nase unter der gewölbten Stirn von unverhoffter Schönheit war.

»Es gehört zu meinen schlimmsten Fehlern, daß ich nur schwer vergesse«, murmelte sie jetzt und wich seinem Blick gehetzt aus. »E-entschuldige, aber ich habe zu tun. Wir müssen dieses Gespräch ein anderes Mal führen...«

Ohne ihm die Möglichkeit eines Protestes zu lassen, raffte sie ihre weiten Röcke und lief über die Treppe hinauf, wo sie in Richtung ihrer Gemächer verschwand. Gervais Croyde, der 11. Earl von Wintash sah ihr nach und kam sich wie ein gescholtener Schuljunge vor. Warum fiel ihm eigentlich erst jetzt die stille Autorität auf, die seine Gattin umgab? Trotz aller Scheu, trotz ihrer stockenden Redeweise und den langweiligen Kleidern, hatte er plötzlich das deutliche Gefühl, daß sie über die Härte und Geschmeidigkeit einer elastischen Degenklinge verfügte.

Daß Lady Amanda die offene Kutsche mit den beiden lebhaften braunen selbst lenkte und auf die Begleitung eines Pferdeknechtes verzichtete, verblüffte Leonor. Während sie in der frischen Brise Mühe hatte, ihre breitkrempigen, eher praktischen als eleganten Strohhut festzuhalten, gab die Witwe die Leinen frei und das Gespann galoppierte in zügigem Tempo über den breiten Kiesweg zum hinteren Ausgang des Parks von Wintash.

»Ich hoffe, es ist dir recht, wenn wir zum Meer fahren«, lächelte Lady Amanda und bewies, daß in ihren schmalen zierlichen, behandschuhten Händen sehr wohl die Kraft wohnte, die Pferde zu lenken. »Es wird höchste Zeit, daß du unsere Küste besser kennenlernst.«

Leonor nickte stumm, vollauf damit beschäftigt, sich auf dem schmalen Sitz zu halten, während die Fahrerin schneidig eine Kurve nahm und der Wagen bedenklich schwankte. Wo war die hinfällige, schwache Witwe geblieben, die von einem Besuch ihres Arztes zum anderen seufzte? Die belebende Wirkung der Seeluft schien in allererster Linie Lady Amanda selbst zu beflügeln.

Leonor, an die Enge des Kensington Square und die Häuserschluchten Londons gewöhnt, hatte bisher wenig Gelegenheit gehabt, sich in ihrer neuen Heimat umzusehen. Die Weite der Küstenlandschaft, der sanft gewellten Heideflächen und Wiesen, die am schroffen Absturz der Klippen zum Meer endeten, beeindruckten und ängstigten sie zugleich ein bißchen. Wie sollte man seinen Weg finden, wenn es weder Baum noch Haus gab, wo man sich orientieren konnte? Ringsum war weder das kleinste Anzeichen einer Ortschaft, noch einer Menschenseele zu entdecken.

Lady Amanda schien dieses Problem nicht zu haben. Sie folgte dem Band der schmalen Straße und hielt sich danach auf einem Fahrweg, der parallel zur Küste verlief und beiden Frauen einen atemberaubenden Ausblick auf das Meer bot. Das gleichmäßige Rauschen der Brandung übertönte sogar das Rattern des Wagens und die Geräusche der Pferdehufe.

Tief unter ihnen, auf dem schmalen, hellen Sandstrand, liefen die weißen Schaumkronen unermüdlicher Wellen aus, die ständig von neuen gefolgt wurden. Beeindruckt sah Leonor auf die endlose Fläche des bewegten Wassers, das der Wind energisch dem Land zuzutreiben schien. Wo Himmel und Meer sich trafen, schimmerte der Atlantik in metallischem, intensivem Tiefblau.

Eine lebendige, anziehende Farbe, die sie an irgend etwas erinnerte. Als es ihr einfiel, zog sie die Unterlippe mit einem scharfen Laut zwischen die Zähne, während leichte Röte in ihre Wangen stieg. Natürlich, warum hatte sie nicht gleich daran gedacht. Gervais' Augen! Meerfarbene Augen, deren irisierende Blauschattierungen der Oberfläche des Ozeans glichen, wie er jetzt im Sonnenlicht dalag.

»Wie schön«, murmelte sie leise. Selbst im Unklaren darüber, ob sie damit nun das Meer meinte oder ihren undurchschaubaren, gefährlichen Gatten, vor dem sie so albern davongelaufen war.

»Eine Meile weiter vorn gibt es einen bequemen Pfad, der die Klippen hinunterführt. Ich hätte Lust zum Strand hinunterzugehen. Warst du schon einmal so nahe am Meer?« wollte Lady Amanda wissen.

Leonor schüttelte den Kopf. »Nie! Ich bin in London aufgewachsen. Ich kenne nur die Stadt. Die einzige Reise, die ich jemals machte, führte in Begleitung meiner Gouvernante in Lady Flames Institut für junge Damen nach Devonshire und anschließend wieder zurück. Seitdem habe ich mein Elternhaus nur verlassen, um zu heiraten.«

Das Lächeln, mit dem Lady Amanda diese Information zur Kenntnis nahm, wirkte ausgesprochen zufrieden. War es möglich, daß es der Witwe Vergnügen bereitete, ihr als erste die Schönheiten ihres neuen Zuhauses zeigen zu können? Wenn ja, dann täuschte sich Fennimore offensichtlich gewaltig in seiner Mutter. Sie war ganz und gar nicht so egoistisch, wie er es ihr hatte weismachen wollen.

»Du wirst sehen, es ist wunderschön. Wir werden den Wagen oben lassen. Wußtest du, daß sich die Earls von Wintash früher mit den Schmugglern verbündet hatten? Man sagt, die Schiffe aus Frankreich hätten sich in dieser Bucht oft vor den Zollkuttern verborgen...«

»Der Viscount hat mir davon erzählt...«

»Der kleine Fenn und seine Räubergeschichten. Ich erinnere mich, daß er als Kind ganz wild auf die alten Aufzeichnungen in der Bibliothek war. Wenn man ihn suchte, war er ständig unter staubigen Folianten begraben.«

Das Stichwort Fennimore brachte Leonor wieder auf ihr Anliegen. Jetzt oder nie hatte sie die Gelegenheit, ein Wort für ihren jungen Schwager einzulegen.

»Er ist sehr einsam. Ein Jüngling in seinem Alter sollte Freunde haben, mehr Abwechslung. Eine Universität wäre genau das Richtige für ihn. Lehrer, die nicht nur seine Bildung, sondern auch sein ungewöhnliches Talent entsprechend fördern...«

»Seine Malerei? Du lieber Himmel!« Lady Amanda klang verächtlich. Sie riß heftig an den Zügeln, so daß die Pferde in eine langsamere Gangart verfielen. »Seit wann wird ein Gentleman bei uns daran gemessen, ob er einen Baum zeichnen kann? Mein Sohn ist eine einzige Enttäuschung. Ein Glück, daß mir das Schicksal wenigstens einen Stiefsohn geschenkt hat, der sich um unser Wohl kümmert. Ginge es nach Fennimore, wir wären längst verhungert. Gervais bemüht sich seit Monaten vergeblich, sein Interesse für die Bewirtschaftung der Ländereien oder den Unterhalt des Gutes zu wecken.«

Sie übertrieb und war ungerecht. Leonor hätte es ihr zu gern gesagt, aber sie wollte die Witwe gerade jetzt nicht erzürnen. Damit wäre dem Viscount vermutlich am allerwenigsten gedient.

»Ist es denn nötig, daß er diese Dinge lernt?« widersprach sie, geschickt die Dümmere spielend. »Er wäre doch immer nur der zweite hinter seinem Bruder, während er gleichzeitig über ein Talent verfügt, von dem es jammerschade ist, wenn es nicht geschult und richtig angeleitet wird. Ein Studium und ein längerer Auslandsaufenthalt würden ihn mit der Reife und der Weltläufigkeit versehen, die ihm im Moment noch dringend fehlt...«

»Reizend!« Lady Amandas Lachen übertönte sogar das Brandungsgeräusch. »Hat er dich zu seiner Fürsprecherin gemacht, mein Kind? Ich weiß, daß er Gervais ständig damit in den Ohren liegt, aber daß er auch dich mit seinen läppischen Plänen belästigt, ist mir neu.«

»Wenn es an den Kosten liegt«, warf Leonor schnell ein, ehe sie endgültig den Mut dafür verlor. »Ich wäre gerne bereit, die Universität und die anschließende Reise für Fennimore zu bezahlen...«

Für einen Moment herrschte Schweigen zwischen den beiden Frauen. Die schrillen Rufe der Möven zerrten an Leonors Nerven, und sie preßte nervös die Hände im Schoß zusammen. Ein merkwürdiges Gefühl drohender Gefahr schnürte die Kehle zusammen. Unwillkürlich atmete sie erleichtert auf, als Lady Amanda neben einem verkrüppelten Baumstamm anhielt, dessen dürre Zweige sich unter dem Seewind laublos landeinwärts duckten.

»Wollen wir hinunter zum Strand gehen?« schlug die Witwe vor und stieg, ohne ihre Antwort abzuwarten, gewandt vom Wagen. Sie band die Zügel an einem starken Ast fest und schüttelte die Falten aus ihrem eleganten, grünen Reitkleid, zu dem sie einen passenden, schleierverzierten Zylinder trug, der modisch schräg auf ihren silbernen Locken thronte. Die neuesten Modezeichnungen aus dem ›Ladys Journal‹ konnten nicht perfekter sein. Unter dem Schatten der Hutkante wirkte ihr Gesicht keinen Tag älter als höchstens dreißig Jahre.

Wie immer brachte ihr Anblick Leonor peinlich zu Bewußtsein, daß sie selbst unförmig, langweilig und altmodisch war. Und obwohl sie sich täglich im Spiegel betrachtete, war ihr selbst entgangen, wie stark die unfreiwillige Hungerkur diese Tatsachen geändert hatte. Ihr Bild von sich selbst stand seit vielen Jahren fest. Wenn sie im Spiegel etwas überprüfte, dann nur, ob ihre Erscheinung ordentlich, sauber und angemessen war.

Sie folgte Lady Amanda, die ihr zuwinkte und sofort den Klippenweg betrat, der in etwa drei Schritte Breite ziemlich steil zum Strand hinab führte. Es handelte sich um einen unbefestigten Trampelpfad, selten benützt und stellenweise mit heruntergefallenen Steinen blockiert. Einmal mußten sie sogar über ein paar Felsen klettern. Wie Lady Amanda auf die Idee kam, diesen Steig als ›bequem‹ zu bezeichnen, war ihr unerklärlich.

»Sollen wir nicht besser umkehren?« Sie mußte rufen, um sich gegen den Wind durchzusetzen, aber Lady Amanda hörte sie trotzdem nicht.

Seufzend folgte ihr Leonor, wenig begeistert über den schwindelerregenden Abgrund, der sich an ihrer rechten Seite auftat. Die Tiefe, in Verbindung mit dem sich ständig bewegenden Wasser, rief ein würgendes Gefühl der Übelkeit in ihrem fast leeren Magen hervor, und sie mußte sich zwingen, den Blick auf die Felswand zur Linken zu richten, damit sie ihren Weg fortsetzen konnte.

Die grüne Gestalt mit den wehenden Röcken verschwand hinter einer weiteren, senkrechten Steinkante. Im selben Moment vernahm Leonor einen schwachen, schrillen Aufschrei. Ihre eigene Angst vergessend, beschleunigte sie den Schritt und verhielt vor Schreck, als sie die gleiche Kante passierte. Fennimores Mutter lag auf der Erde, das Gesicht vor Schmerz verzerrt.

»Lieber Gott, was ist passiert?«

Ohne auf ihren im Staub schleifenden Umhang zu achten, ging sie neben der Dame in die Knie. Lady Amanda richtete ihre tränenverschleierten Augen auf sie.

»Ich bin gestolpert. Es – oh, es tut so weh! Ich fürchte, ich habe mir den Fuß verletzt, meine Liebe! Vielleicht sogar gebrochen! Ooooh, nein!« Letzteres galt Leonors Bemühungen, das Bein der Witwe vorsichtig abzutasten. Gezwungenermaßen ließ sie davon ab und sah die Verletzte fragend an. »Ich kann nicht – mein Bein – oh, diese

Schmerzen...« Eine glasklare Träne rann über Lady Amandas Wange.

Leonor schluckte und sah sich um. Bloß ein paar Möven interessierten sich für das Geschehen auf dem Klippenpfad. Kreischend segelten sie vor dem Wind. Sie war allein mit Lady Amanda, und allem Anschein nach meilenweit von jeder menschlichen Hilfe entfernt.

12. Kapitel

»Nein!« Amanda Croyde versuchte tapfer, weitere Tränen zu unterdrücken. »Ich bin nicht fähig, aufzustehen. Du mußt Hilfe holen. Lauf zurück und fahr nach Wintash!«

Leonor biß sich auf die Lippen. »Unmöglich. Ich habe noch nie einen Wagen gefahren! Außerdem würde ich den Weg zurück gar nicht finden! U-und ehrlich gesagt, ich habe Angst vor den Pferden...«

»Aber das Schloß ist ganz in der Nähe«, beharrte die Witwe. »Du kannst Wintash problemlos erreichen, wenn du direkt in östlicher Richtung fährst. Die Strecke kommt dir nur länger vor, weil ich im Bogen an den Klippen entlanggefahren bin.«

Leonor haßte es, die Verletzte zu enttäuschen, aber ihnen beiden war sicher nicht damit gedient, daß sie von durchgehenden Pferden über die Klippe geschleudert wurde oder sich auf der Heide verirrte. Allein, woher sollte sonst Hilfe kommen?

»Vielleicht vermißt man uns im Schloß und sucht uns?« überlegte sie. »Der Wagen oben fällt ja auf!«

Lady Amanda stöhnte und hielt sich ihr verletztes Bein.

»Aaah, mein Knöchel tut so weh. Ich weiß kaum, wie ich das jetzt aushalten soll, und dann auch noch Stunden...«

»Vielleicht wäre es besser den Schuh auszuziehen?«

Doch kaum hatte sie das schlanke Bein, das bis weit über den Knöchel in engen Ziegenleder-Stiefeletten steckte, berührt, stöhnte die andere erneut kläglich.

»Man müßte den Schuh aufschneiden«, seufzte Leonor

und gab ihr Vorhaben auf. »Ob der Knöchel nun verstaucht oder gar gebrochen ist, kann man so kaum feststellen.«

»Du mußt Hilfe holen«, wiederholte Lady Amanda ihre Forderung. Der deutliche Unterton von Hysterie, der in ihren Worten mitschwang, bewies Leonor, daß sie nur mit Mühe die Fassung bewahrte. Warum hatten sie keinen Reitknecht auf diesen Ausflug mitgenommen? Nie wieder würde sie sich auf einen so bodenlosen Leichtsinn einlassen. Aber jetzt war es zu spät für Selbstvorwürfe. »Wenn ich nur wüßte, wie?« antwortete sie mindestens ebenso verzweifelt wie die Lady.

»Oh, wenn du die Pferde fürchtest, dann bist du sicher auch zu ängstlich, durch den Geheimgang zu laufen, obwohl das mit Sicherheit das Schnellste wäre...«

Beschämt, weil es so klang, als wäre sie unfähig, der Verletzten zu helfen, griff Leonor nach dem angebotenen Strohhalm. »Welcher Geheimgang?«

Leise klagend, änderte die Witwe ihre Haltung und lehnte sich gegen die Felswand in ihrem Rücken. Mit zitternder Hand deutete sie nach unten, auf den Strand. »Der Schmuggler-Gang! Dies ist die Bucht, in der die geheimen Geschäfte der Wintashs abgewickelt wurden. Es gibt direkt unter uns eine Höhle, von dort führt ein Stollen bis in die Vorratskeller von Wintash. Zum Teil ist er von Natur vorhanden gewesen, zum Teil haben ihn die Schloßherren verbreitert und verlängern lassen. Fennimore hat ihn während seiner Abenteuerzeit oft benützt...«

»Und wenn er seitdem irgendwo eingebrochen ist?« Leonor wußte selbst, daß sie nicht sehr mutig klang. Aber sie war nun einmal keine der abenteuerlustigen Heldinnen aus ihren Büchern. Andererseits belastete der Anblick Lady Amandas sowohl ihr mitfühlendes Herz, wie auch ihr empfindliches Gewissen.

»Soweit ich weiß, läßt Gervais den Stollen zweimal im Jahr prüfen. Er geht gerne am Strand spazieren und schätzt die kurze Verbindung.«

Daß ihr Gatte einsame Meeresbetrachtungen liebte, verblüffte Leonor, aber wenn er sich um die Sicherheit dieser Verbindung kümmerte, weil er sie selbst benutzte, war dies immerhin ein gutes Zeichen. Sie fühlte die behandschuhte Hand Lady Amandas, die sich nun mit überraschender Kraft um ihren Arm spannte.

»Du mußt mir helfen, Kind! Bitte! Ich – ich kann diese Qual kaum ertragen – hol Hilfe! Unten am Strand, die große Höhle, du kannst sie nicht verfehlen. Rechts in einer Nische stehen immer eine Laterne und ein Feuerzeug. Bitte – beeile dich...«

Leonor nickte betroffen. Sie schimpfte sich selbst einen Hasenfuß. Läge sie mit einem verletzten Fuß hier, Lady Amanda würde sicher nicht zögern, die nötige Hilfe zu holen. Kunststück, meldete sich indes die übliche kritische Stimme in ihrem Kopf, sie würde ja auch problemlos ins Schloß kutschieren können. Wütend über sich und ihre garstigen Gedanken, richtete sie sich schwungvoll auf.

»Ich werde mein Möglichstes tun, Lady Amanda. Ich lasse meinen Umhang hier, es ist kalt im Wind.«

»Nein, nein«, wehrte die Verletzte ab. »Behalt ihn. Ich möchte nicht, daß du dich zu allem Überfluß in diesem Gang erkältest. Gervais würde mir nie verzeihen, wenn dir etwas zustieße...«

Leonor behielt ihren Zweifel an diesen Vermutungen für sich. Gervais wäre nur zu glücklich, wenn sie an Lady Amandas Stelle hier läge. Noch lieber wäre es ihm vermutlich, sie hätte mit zerschmetterten Knochen ihr Ende unten auf dem Strand gefunden. Mit aller Kraft drängte sie die düsteren Überlegungen zurück. Das fehlte noch, daß sie sich selbst in zusätzliches Entsetzen stürzte. Was bereits geschehen war genügte ihr vollauf.

Der Abschied der beiden Frauen war hastig, und als Leonor sich im letzten Moment noch einmal umsah, bemerkte sie ein Lächeln auf Lady Amandas feinen Zügen. Ein strahlendes, zufriedenes Lächeln. Wie tapfer sie war, ihr dieses beruhigende Lächeln mit auf den Weg zu geben.

Die Höhle war leicht zu finden. Kaum mannshoch, wölbte sich der halbrunde Eingang nur wenige Schritte von der Wassergrenze entfernt, und Leonor mußte darauf achten, daß sie nicht in die Pfützen trat, welche die Wellen im Bereich des Eingangs zurückgelassen hatten.

Im Innern trug der Raum eine hohe Kuppel, und sie entdeckte im Zwielicht, das von draußen hereinfiel, die Nische mit der Laterne. Ein paar grob herausgehauene Stufen führten die Wand hoch, und sie wunderte sich flüchtig, daß sie so weit oben herausgehauen worden waren.

Nach mehreren vergeblichen Versuchen gelang es ihr, mit zitternden Fingern den Docht zu entzünden. Sie entfernte an der Vorderseite den Blendschutz, so daß das Licht in hellem Kegel vor ihr den Weg entlang wanderte. Hinter einem natürlichen Felsblock fand sie den Eingang zum Stollen. Ein Felsgang, ebenfalls gerade mannshoch, erstreckte sich vor ihr und verlor sich in völliger Dunkelheit.

»Nun lauf schon, du Hasenfuß!« machte sie sich selbst Mut und erschrak vor dem hohlen Ton, den ihre Stimme im Gang verursachte. Aus den Augenwinkeln sah sie am Boden Bewegung. Kleine Tiere, Insekten, sie wollte lieber nicht wissen, was hier alles beheimatet war. Erst zögernd, dann immer sicherer werdend, weil der Gang bis auf ein paar Biegungen völlig problemlos zu begehen war, lief sie eilig vorwärts, nur von dem unheimlichen Geräusch ihrer eigenen, knirschenden Schritte begleitet.

Sie wußte nicht, wie lange sie das gleichmäßige Rauschen schon gehört hatte, ehe es in ihr Bewußtsein drang. Ein hohles Geräusch, untermischt von Plätschern – Wasser? Sie verharrte und hob die Laterne, die jetzt unheilvoll flackerte und im gleichen Moment zu erlöschen begann, als sie gerade noch bemerkte, daß sich der Gang genau vor ihr gabelte. Zwei Herzschläge später stand sie in völliger Dunkelheit.

»Lieber Gott!« wisperte sie, wie in einem kindlichen Gebet, und schloß die Augen. Als sie die Lider wieder öffnete, sah sie ebensoviel wie vorher. Schwärze. Samtiges, totales, undurchdringliches Nichts!

Sie fuhr auf dem Absatz herum, war da kein vager Lichtschimmer, der ihr verriet, woher sie gekommen war? Aber die Dunkelheit, die sie einhüllte, war endgültig und ohne jede Unterbrechung. Entsetzt sank sie auf die Knie. Sie versuchte sich mit der freien Hand an die Wand zu tasten und stieß dabei nur gegen die heiße Laterne. Glühender Schmerz zuckte aus den verbrannten Fingerspitzen durch ihren ganzen Körper, und vor Schreck ließ sie das Licht noch einmal fallen. Scheppernd klapperte das Gehäuse auf den Felsboden und kullerte davon.

Die verwundete Hand mit den anderen Fingern umklammernd wich sie zurück, bis sie die Berührung des Felsens im Rücken spürte. Sie spürte die drohende Hysterie, die Angst, die bereits die Klauen nach ihr ausstreckte. Sie zwang sich, tief durchzuatmen.

Es gab nur eine Möglichkeit, sie mußte in umgekehrter Richtung wieder zum Strand finden. Aber welcher der Gänge führte zum Meer? Die Erkenntnis, daß sie im Dunkeln bereits die Orientierung verloren hatte, entlockte ihr ein verzweifeltes Schluchzen. Sie umschlang ihren Oberkörper schützend mit den Händen. Wohin sollte sie gehen? Hatte sie überhaupt eine Entscheidung?

Was würde werden, wenn sie sich verirrte? Lag nicht auch Lady Amandas Schicksal in ihren Händen? Die Witwe verließ sich darauf, daß sie Hilfe holte. Wenn sie in diesem Labyrinth der Dunkelheit den Verstand verlor, würde sich niemand um die Verletzte kümmern. Möglicherweise wurde es Abend, bis man sie vermißte und zu suchen begann!

»Reiß dich zusammen, Leonor!« beschwor sie sich heiser. »Entscheide dich für einen dieser Gänge und lauf los! Du mußt! Hörst du, du mußt!«

Es war leichter gesagt als getan. Sie stieß sich an den Wänden, stolperte über plötzliche Hindernisse, und die Brandwunde an ihrer Hand pochte vor Qual. Das befremdliche Rauschen dröhnte in ihren Ohren und schien von langsam zunehmender Lautstärke. Ob es die Wellen waren, die sich draußen am Strand brachen?

Es fiel Leonor schwer, zu atmen. Moderige, feuchte Luft legte sich beklemmend und schwer auf die Brust. Ihr Herz, dessen Gesundheit sie so sehr betont hatte, schlug in schnellem, überhastetem Rhythmus viel zu hoch oben. Kalter Schweiß lief ihr über den Rücken und ließ das weite Kleid unangenehm auf der Haut kleben.

Durch die dünnen Sohlen ihrer Schuhe spürte sie die Nässe des Bodens, die sich auch in den Säumen von Rock und Umhang festsetzte. Beides wurde stetig schwerer und schlug ihr hinderlich um die Knöchel. Doch erst als ihr das Wasser in die Schuhe lief, begriff sie, was das Rauschen bedeutete. Sie war nicht auf dem Weg zum Strand. Im Gegenteil, das Meer war auf dem Weg zu ihr!

Dieses Mal war es unmöglich, das jähe Grausen zu beherrschen. Die eisige Nässe, die aus ihren Füßen und Kleidern nach oben stieg, war der Vorbote tödlicher Mutlosigkeit. Die Flut! Sie war gefangen in einem Irrgarten aus Felshöhlen und Gängen, ohne Licht und vom sicheren Tod bedroht. Sie versuchte sich an ein Gebet zu erinnern, aber es wollte ihr keines einfallen. Es gab niemand, der sie retten konnte.

Leonor war sich nicht bewußt, daß sie einen Schrei ausstieß. Den verstörten, verzweifelten, grauenvollen Aufschrei einer Frau, dessen Echo die Wände vielfältig zurückwarfen. Ihren eigenen, gellenden Todesschrei.

13. Kapitel

»Ah, wie schön!« Lady Amanda sah sich deutlich befriedigt im Eßzimmer um und nahm ihren Platz zum abendlichen Diner ein. »Es ist selten geworden, daß wir ganz unter uns sind, mein Lieber!«

Gervais Croyde runzelte verstimmt die Stirn. Einmal mehr fiel ihm nun auf, daß seine Stiefmutter Leonor nur freundlich begegnete, wenn diese es hörte. Im Grunde ihres Herzens aber schien sie sich immer noch nicht mit ihrer Existenz abgefunden zu haben. Ob seine Gattin in ihrem liebenswerten, sanften Naturell diesen Widerspruch bemerkte? Verzichtete sie deswegen auf die gemeinsame Mahlzeit?

»Immerhin warst auch du unter den Befürwortern meiner Ehe mit Leonor Epworth«, gab er ihr überraschend kühl Bescheid. »Es dürfte dir klar gewesen sein, daß damit eine vierte Person am Familientisch sitzt. Fühlst du dich von ihrer Anwesenheit so sehr gestört, daß du schon jubelst, wenn sie sich verspätet?«

Fennimore unterdrückte ein Grinsen und wischte betont unverbindlich an einem nicht vorhandenen Stäubchen auf seinem Jackettaufschlag herum. Ob seiner Mutter bewußt war, daß Gervais soeben mit Nachdruck aus den Reihen ihrer ergebenen, kritiklosen Bewunderer ausgeschert war?

»Liebster«, Lady Amanda beugte sich zur Seite, um ihre Hand auf seinen Arm zu legen. Man sah ihr nicht an, was sie dachte, ihre Züge spiegelten ausschließlich Mitgefühl und Zuneigung. »Du hast ein solches Opfer für Wintash und auch für mich gebracht. Verzeih mir, wenn ich dein Mißfallen errege.«

Die leise, kultivierte Stimme hatte für den elften Earl einiges von ihrer verführerischen Anziehungskraft verloren. Er fragte sich, warum Lady Amanda es für nötig hielt, ständig aufdringlich das angebliche Opfer zu betonen, das er gebracht haben sollte. Je mehr er Leonor betrachtete und je näher er sie kennenlernte, um so weniger hatte er das Gefühl, daß es ein solches gewesen war. Aber das waren Dinge, die er beileibe nicht bei Tisch diskutieren wollte und noch weniger mit ihr.

An die befremdliche Art Leonors, in ihrem Essen herumzustochern und nur ab und zu ein paar Happen zu sich zu nehmen, hatte er sich inzwischen gewöhnt. Vermutlich tat sie es, um Dr. Fieldings Anweisungen für eine Diät einzuhalten. Daß sie indes die gemeinsame Mahlzeit völlig mied, war noch nie vorgekommen. Er konnte sich auch keinen wirklich vernünftigen Grund dafür denken.

Er winkte dem Butler. »Bitte veranlassen Sie, daß jemand bei Mylady nachfragt, wann sie herunterkommt. Wir werden mit dem Essen warten.«

Das Lächeln in den Mundwinkeln der Witwe verhärtete sich unmerklich. Sie sah zu Fennimore und begegnete einem unverschämten Blick. Sie bezähmte den Wunsch, in dieses Gesicht zu schlagen. Er sah dem zehnten Earl so frappant ähnlich, daß sie bei seinem Anblick kaum den Haß unterdrücken konnte, den sie zu dessen Lebzeiten für ihren Ehemann empfunden hatte. Auch Fenn besaß dieses Talent, überheblich zu schmunzeln, das sie bis zur Weißglut reizte. Sie würde sich beizeiten darum kümmern müssen, ihn ebenfalls aus dem Weg zu schaffen. Später, wenn ein wenig Gras über Leonors Verschwinden gewachsen war.

Allein, heute fiel es ihr besonders leicht, die Fassade zu wahren. Sie nippte an ihrem üblichen Sherry, während Fenn und sein Bruder in ein Gespräch über die neuesten

Nachrichten aus London vertieft waren. Das Ende des sogenannten ›Opiumkrieges‹, das mit dem Vertrag von Nanking, Ende August, besiegelt worden war, und die damit verbundene Handelsausweitung mit China beschäftigte die beiden so sehr, daß sich der Butler erst nachdrücklich räuspern mußte, ehe ihm der Earl seine Aufmerksamkeit zuwandte.

Ein adrett gekleidetes Mädchen mit weißem Zofenhäubchen, stand neben ihm und knickste nun höflich. Leonors Zofe? Was hatte das zu bedeuten? Die Antwort vermochte er kaum zu fassen.

»Was soll das heißen, Mylady ist verschwunden? Willst du dir einen schlechten Scherz mit ihr erlauben?«

Eingeschüchtert schüttelte Jane den Kopf.

»Nein, Mylord. Ich habe Mylady seit heute mittag nicht mehr gesehen. Sie hat sich zum Essen begeben, und was sie danach getan hat, weiß ich nicht. Mrs. Burnes hat bereits nach ihr gefragt, da sie morgen mit der Apfelernte beginnen möchte, aber niemand wußte, wo Mylady geblieben ist.«

»Mysteriös!« Lady Amanda neigte den wohlfrisierten Kopf und sah die Zofe gedankenverloren an. »Warum sagst du uns das erst jetzt?«

Jane nestelte eingeschüchtert an ihrer blütenweiß gestärkten Schürze und preßte die Lippen zusammen. Gervais gab die Antwort für sie.

»Leonor wird ihr Kommen und Gehen kaum vor ihrer Zofe rechtfertigen, Amanda. Hast du meine Gattin am Nachmittag gesehen, Fenn?«

Sein kleiner Bruder schüttelte den Kopf. »Nein, seit der letzten Mahlzeit nicht mehr. Ich dachte, sie sei in ihren üblichen Haushaltsdingen unterwegs. Wo steckt sie? Es sieht ihr gar nicht ähnlich, für eine solche Aufregung zu sorgen!«

Der Earl nickte, er entsann sich seiner kurzen Konfrontation mit Leonor, ehe sie ihn einfach stehenließ. Sie war dem Gespräch um das er sie gebeten hatte, ausgewichen. Er hatte sie gekränkt, und es fiel ihr offensichtlich schwer, diese Beleidigungen zu vergessen. War das ein Grund, für ihr merkwürdiges Versteckspiel? Kaum vorstellbar. Es paßte so wenig zu ihrem bescheidenen Wesen.

»Verzeihung«, wisperte Jane und nahm ihren ganzen Mut zusammen. »Aber Mylady ist krank. Vielleicht hat sie wieder einen dieser schrecklichen Anfälle gehabt und konnte niemanden um Hilfe bitten. Möglicherweise liegt sie irgendwo in einem der Zimmer...«

»Natürlich, Ger!« Fennimore sprang auf, wie von der Sehne geschnellt. »Das muß es sein. Wir müssen das Haus durchsuchen! Dieses Schloß hat über achtzig Zimmer, es ist denkbar, daß sie seit Stunden irgendwo darauf wartet, daß man sie endlich findet und ihr hilft...«

So besorgniserregend der Earl diese Erklärung fand, es war die einzig wahrscheinliche. Die unauffällige, leichte Art, mit der die junge Frau seit ihrer Ankunft tatkräftig daran gegangen war, das vernachlässigte Anwesen wieder in Stand zu setzen, sprach zudem dafür. Sicher hatte sie sich einen weiteren der unbewohnten Flügel vorgenommen, um die Möglichkeiten von Ausbesserung und Reinigung genau in Augenschein zu fassen.

Innerhalb kürzester Zeit hatte Lord Wintash die Dienerschaft mobilisiert. Auch für Fennimore war es keine Frage, daß er sich an der Suchaktion beteiligte. Lediglich Lady Amanda sagte kein Wort. Sie ordnete scheinbar ungerührt, ihre schweren Rockfalten. Erst als der Earl ebenfalls Anstalten machte den Raum zu verlassen, erhob sie vehement Einspruch.

»Das Essen ist fertig, Gervais! Wer soll servieren, wenn du alles, was Beine hat, durch das Haus schickst, um deine Gattin zu suchen? Ich glaube, du übertreibst das

Ganze. Wer weiß schon über die Grillen einer Frau Bescheid? Sie wird von selbst wieder auftauchen!«

Der Earl wollte seinen eigenen Ohren kaum trauen. War das im Moment wirklich ihre einzige, egoistische Sorge? Wer ihr das Essen zureichte? Seine Kinnmuskeln strafften sich, als er die Zähne aufeinanderbiß und sich angestrengt um Beherrschung bemühte.

»Vielleicht bittest du deine unersetzliche Miß Biddles, dir aufzutragen?« schlug eisig vor. »Deine Zofe dürfte so ziemlich die einzige sein, die dafür übrigbleibt. Mich entschuldigst du bitte, ich habe keine Zeit...«

Er drängte sich an seinem jüngeren Bruder vorbei, ehe sie die Chance hatte, die vernichtende Bemerkung, die sie auf den Lippen hatte, auszusprechen. Nur Fennimore wurde einmal mehr Zeuge, wie das liebliche Gesicht entgleiste und zu einer Maske aus Haß und Grausamkeit wurde. Die Angst, die er als kleiner Junge vor ihr gehabt hatte, war mit den Jahren äußerster Vorsicht gewichen. Er verengte die Augen.

Nein, er täuschte sich nicht, dieses Mal stand mehr in den gefrorenen Zügen. Eine Spur von Genugtuung. Triumph sogar. War es möglich, daß seine Mutter etwas über Leonor und ihr Verschwinden wußte? Es gab nur eine Gelegenheit, mehr darüber zu erfahren. Er verneigte sich knapp. »Ich werde dir Miß Biddles schicken«, bot er zuvorkommend an und machte sich auf den Weg in die Gemächer seiner Mutter.

»Hier, trink das!« Der Viscount Feversham reichte dem Earl ein großzügig mit Brandy gefülltes Glas. Sie befanden sich in der Bibliothek, und das Schlagwerk der großen Standuhr schlug eben die zweite Stunde nach Mitternacht. Der Lord hatte die Dienerschaft zu Bett geschickt. Er selbst fand ebenso wie sein Bruder keinen Schlaf.

Gervais Croyde stürzte das Getränk wie Wasser hinunter, dann fuhr er sich mit allen zehn Fingern durch die Haare. Sie trugen die gleichen Staubspuren, wie sein längst nicht mehr sauberes Dinerjackett. Staub, Schmutz und vergessene Erinnerungen waren denn auch das Einzige gewesen, was sie auf ihrer vergeblichen Suche von Raum zu Raum gefunden hatten. Keine Spur von Leonor!

Weder in den alten Schulzimmern, noch im Wintergarten, im abgedeckten Ballsaal oder den zahllosen Apartments, die in früheren Zeiten die Gäste der Wintashs beherbergt hatten. Sie war wie vom Erdboden verschwunden. Einem Spuk gleich, hatte sie sich in Luft aufgelöst!

Zuletzt hatte er mit Hilfe von Jane sogar das Gemach durchsucht, das sie seit ihrer gemeinsamen Hochzeit allein bewohnte. Halb fürchtend, halb hoffend, erwartete er, wenigstens einen hinterlassenen Brief zu finden, eine Erklärung für ihr geheimnisvolles Verschwinden. Doch auch hier wurde er enttäuscht. Laut Jane fehlten nur ein Strohhut und ein brauner Umhang neben den Kleidern, welche die junge Frau am Morgen angelegt hatte.

»Ist es möglich, daß sie geflohen ist?« fragte er Fennimore heiser. »Ohne ein Gepäckstück? Ohne Wäsche zum Wechseln und frische Kleider?«

»Wo sollte sie denn hin? Überleg doch mal logisch!« Sein Bruder füllte den Brandy nach. »Der Haushalt in London wurde nach dem Tod ihres Vaters vollständig aufgelöst, und sie hat, soweit ich bisher wußte, keine näheren Verwandten. Sie ist viel zu menschenscheu und schüchtern, um sich alleine durchzuschlagen!«

Etwas in Fennimores Worten riß den Earl aus seinem dumpfen Brüten. »Wieso ›soweit ich bisher wußte‹?«

Fennimore sah müde aus und nur wenig sauberer als Gervais, trotzdem zögerte er. Er kannte dessen Stolz und den Einfluß zu gut, den Lady Amanda lange Jahre hindurch auf ihn ausgeübt hatte. Er wußte sogar um die Dienstboten-Gerüchte, obschon er sicher zu sein glaubte, daß Gervais sich nie so weit vergessen würde, um der Geliebte seiner Stiefmutter zu werden.

»Beantwortest du mir eine Frage?« begann er vorsichtig. »Sagst du mir, was du für das Mädchen empfindest, das du unter Zwang heiraten mußtest?«

Gervais starrte ihn an, aber Fenn hatte das Gefühl, daß er in Wirklichkeit durch ihn hindurchsah. Er ahnte, daß er die verschiedenen Bilder Leonors Revue passieren ließ. Das des schüchternen Kindes, das unter der herrischen Hand seines Vaters nicht aufzumucken wagte, das der neureich ausstaffierten Braut. Das der neuen, schmalen Leonor, die in ihren düsteren Matronenkleidern fast ertrank.

»Beim ersten Sehen hielt ich sie für eine Zumutung«, erklärte Gervais rauh, und Fennimore hätte geschworen, daß Qual in seinen Augen stand. »Erst allmählich begriff ich, daß sie, ebenso wie ich, zu Handlungen gezwungen worden war, die ihr zutiefst widerstrebten. Was auch immer ihr Vater war und wie einfach die Herkunft ihrer Mutter, ich habe noch nie einen Menschen getroffen, der soviel Haltung, natürliche Sanftmut, Wärme und Herzensgüte in sich vereint, wie Leonor.«

»Du liebst sie?«

Der elfte Earl fuhr ertappt zusammen und stürzte das zweite Glas Brandy ebenso schnell wie das erste hinunter. Es vertrieb vorübergehend die Kälte aus seinen Gliedern, aber es half wenig gegen den Kummer und die Sehnsucht, die ihn bedrückten.

»Ja«, sagte er schlicht.

»Dann solltest du vielleicht diesen Brief hier lesen...« Der Viscount griff in seine Jackentasche und reichte Gervais ein mehrmals gefaltetes Schreiben.

»Von Leonor?«

»Nein, der Brief ihres Vaters, der dem Testament beigelegen hat.«

»Woher hast du ihn? In ihrem Zimmer war er nicht!«

Fennimore wich seinen Augen aus. »Ich sage es dir später, lies ihn erst. Er dürfte dir einiges erklären...«

Gervais sah ein, daß es keinen Sinn hatte, den Jungen weiter zu bedrängen. Er ließ sich in einen der gepolsterten Sessel fallen und entfaltete den Brief. Er war nur ein paar Tage vor seiner Hochzeit mit Leonor datiert.

»Liebes Kind«, las er, »wenn du diese Zeilen überfliegst, bin ich mit meiner geliebten Frau vereint. Ein Ziel, das mir nun, da auch dein Schicksal seinen Weg nehmen wird, immer erstrebenswerter erscheint. Jetzt kann ich vor Susannah treten und ihr sagen, daß sie gerächt wurde, daß ihre Tochter auf Schloß Wintash herrscht. Ich weiß, daß du dich fragst, warum ich so sehr auf dieser Ehe bestehe. Warum ich dich, die ich doch nach Susannah am meisten liebe, so rücksichtslos in diese Verbindung treibe und bis ins letzte auf jeder demütigenden Einzelheit des Ehevertrages bestanden habe. Ich will dir erzählen, was dahinter steckt.

Vor nunmehr zwanzig Jahren habe ich in einer Regennacht auf dem Covent-Garden eine halbverhungerte, kranke Blumenverkäuferin mit meinem Wagen angefahren. Entsetzt über meine Unvorsicht und den schrecklichen Zustand der jungen Frau, nahm ich sie in mein Haus. Nach ihrer Genesung erfuhr ich, daß sie Susannah Delshannon hieß und aus einer armen, aber höchst angesehenen, irischen Adelsfamilie stammte. Sie hatte als Gesellschafterin ihre ältere Kusine begleitet, die vor einigen Jahren nach England gekommen war, um dort die Gattin des zehnten Earl von Wintash zu werden.«

»Delshannon?« Gervais sah auf. »Ist das nicht der Mädchenname deiner Mutter?«

»Lies weiter!« forderte Fennimore grimmig.

»Susannahs Kusine war offensichtlich bildhübsch, ehrgeizig und eiskalt. Der Earl, der nach einer Mutter für seinen Sohn gesucht hatte, fand sich schnell enttäuscht. Die neue Lady bestand sogar darauf, daß das Kind aus dem Hause gegeben wurde. Wintash, der zu schwach war, seiner Gattin Widerstand zu leisten, war dennoch sehr wohl fähig, zu sehen, daß Susannah, obwohl nicht so blendend attraktiv wie Amanda, die liebenswertere der beiden Frauen war. Sie wurde seine Geliebte, bis Amanda dahinterkam, daß Gatte und Kusine sie betrogen. Sie warf Susannah aus dem Haus, und Rupert Croyde hatte nicht einmal den traurigen Mut, etwas dagegen zu unternehmen. Er ließ zu, daß die Frau, die er angeblich liebte, schwanger und äußerstem Elend ihr Leben als Blumenverkäuferin in fristen mußte. Als ich Susannah fand, litt sie unter den Folgen dieses Verrats ebenso wie unter denen einer Fehlgeburt. Ich weiß, daß sie mich nur aus Dankbarkeit geheiratet hat, aber die wenigen Monate unserer Ehe sind die glücklichste Zeit meines Lebens gewesen. Ich habe all meine Fähigkeit zu lieben für sie verbraucht, aber ihr Lebensmut hatte sie längst verlassen. Sie starb bei deiner Geburt, und ich habe damals geschworen, diesen Tod zu rächen. Ich wollte Rupert Croyde im Staub sehen! Er sollte das Elend und die Armut, die Susannah kennengelernt hatte, selbst erleiden. Ehe ich mein Ziel erreicht hatte, machte er seinem Leben mit einer Kugel selbst ein Ende. Im Besitz seiner Schuldscheine war es jedoch ein leichtes, deine Ehe zu erzwingen. Susannahs Tochter wenigstens soll den Rang einnehmen, der ihr selbst zu Lebzeiten verwehrt worden war. Du bist ihre Tochter und ihr lebendiges Ebenbild. Lady Amanda wird diese Ähnlichkeit irgendwann erkennen und eine ständige Mahnung vor Augen haben, an der sie nichts, aber auch gar nichts ändern kann. Verzeih mir, daß ich dich zum Werkzeug meiner

Rache gemacht habe, es ist zu spät, um etwas daran zu ändern. Die Dinge werden ohne mich ihren Lauf nehmen. Auch wenn du es vermutlich nicht glaubst, ich liebe dich, mein Kind! Dein Vater…«

Gervais schluckte und ließ das eng beschriebene Blatt sinken. »Woher hast du diesen Brief?« wiederholte er seine Frage.

»Ich fand ihn in Lady Amandas Ankleideraum«, erklärte Fennimore erregt. »Ich habe ihn heimlich durchsucht, nachdem die arrogante Biddles zu ihr eilte. Er war nicht sonderlich gut versteckt, sie scheint sich sehr sicher zu fühlen. Irgendwie hatte ich von Anfang an das eigenartige Gefühl, daß sie etwas mit Leonors unerklärlichem Verschwinden zu tun haben mußte. Sie erinnerte mich an ein Raubtier, das genüßlich seine Beute reißt…«

»Mein Gott«, der Earl mußte sich räuspern, so belegt und spröde klang seine Stimme. »Wie kam dieser Brief in ihren Besitz? Und warum hat Leonor nie ein Wort über die Dinge, die hier stehen, verloren?«

»Vielleicht hat meine verehrte Frau Mutter diese Nachricht bereits in ihren Besitz gebracht, ehe deine Frau die Chance hatte, sie zu lesen?«

»Wie denn? Siehst du sie Leonors Sachen durchsuchen? Nein, das ist lächerlich…«

»Biddles!«

Der Name der ältlichen Zofe fiel wie ein Stein in ruhiges Wasser. Und wie die Kreise auf der Wasserfläche ineinander übergehen, fügte sich auch jetzt ein Teil zum anderen. Biddles war mit Lady Amanda aus Irland gekommen und ihr sklavisch ergeben. Sie mußte auch Susannah Delshannon gekannt haben. War es möglich, daß die Ähnlichkeit, von der Leonors Vater sprach, ihnen längst erklärt hatte, wer die neue Lady Wintash war?

Sicher, Biddles würde keine Skrupel haben, ihrer Herrin jeden, aber auch wirklich jeden Gefallen zu tun. Sie war Amandas ergebene Dienerin, die in unterwürfiger Anhänglichkeit einzig und allein das Wohl ihrer anspruchsvollen Herrin im Sinn hatte.

»Lieber Himmel!« Gervais vergrub das Gesicht zwischen den Händen. Dieser Brief war nicht nur die Erklärung für alles, er machte ihm auch die Gefahr deutlich, in der Leonor schwebte. Seltsamerweise hatte er keinen Zweifel an der Aufrichtigkeit von Rowland Epworths Beichte. Wenn Susannah auch nur einen Bruchteil jener liebenswerten Eigenschaften besessen hatten, die Leonor auszeichneten, hatte sie unumstritten jene Leidenschaften entfesseln können, die zu dem grauenvollen Drama geführt hatten, das in ihrem sinnlosen Tod seinen Höhepunkt fand. Endlich sah er wieder auf. »Was folgerst du aus allem?«

Zum ersten Mal verlor Fennimore die Beherrschung, die ihn die ganze Zeit aufrecht erhalten hatte. Jetzt sah er dem sensiblen, zutiefst enttäuschten Jungen ähnlich, der in der eigenen Mutter ein Ungeheuer erkannte. »Ich habe gehofft und gebetet, daß wir Leonor irgendwo im Haus finden«, stöhnte er unterdrückt. »Nur dann hätte ich sicher sein können, daß meine eigene Mutter wenigstens vor dem Schlimmsten zurückgeschreckt ist...«

Gervais stand auf und hielt seinen Bruder in einer tröstenden Umarmung fest. »Du mußt dir keine Vorwürfe machen, Kleiner«, murmelte er klanglos. »Ich habe dich nur zu oft gerügt, wenn du ihr den Respekt verweigert hast. Ich hätte daran denken sollen, daß Kinder und Narren die Wahrheit sagen. Wenn jemand die Schuld trägt, dann bin ich es... Ich war blind von ihrer Anmut betört. In meiner Arroganz habe ich Leonor nur äußerlich mit ihr verglichen. Rowland Epworth mag ja ein einfacher Kaufmann gewesen sein, aber er war sich nicht zu schade, einem kranken Blumenmädchen zu helfen, das für ihn auch weit unter seinem Stand gewesen sein muß. Ich könnte ihm heute kaum in die Augen sehen, ohne mich in Grund und Boden zu schämen...«

»Spar dir deine Klagen, bis wir Leonor gefunden haben«, stöhnte Fennimore. »Wenn ich nur eine Idee hätte, was mit ihr geschehen sein kann? Außer dem Brief habe ich keinen einzigen Hinweis auf sie gefunden. Meinst du, wir sollten die Dienerschaft ausführlicher befragen?«

»Es gibt nur einen Weg, den Rest der Wahrheit zu erfahren!« Gervais Croyde, der elfte Earl von Wintash, verengte die Augen und straffte die Schultern. »Lady Amanda wird mir Rede und Antwort stehen müssen!«

»Ich komme mit dir!«

»Nein Fennimore!« Sein Stiefbruder hielt ihn an den Schultern fest. »Das ist allein meine Sache! Warte hier auf mich!«

13. Kapitel

»Unmöglich, Mylord! Lady Amanda ist zu Bett gegangen, sie schläft! Wissen Sie, wie spät es ist?«

Gervais Croyde wußte sehr wohl, zu welcher Uhrzeit er Einlaß in Lady Amandas Schlafzimmer begehrte, aber warum ihre ältliche hagere Zofe zu so später Stunde nicht ebenfalls schlief, sondern voll angezogen, einem Hofhund gleich, vor ihrer Tür wachte, hätte ihn noch mehr interessiert.

Miß Biddles, die grauen, drahtigen Haare von einem eher praktischen als schmückenden Häubchen gekrönt, ragte gleich einem schroffen, abweisenden Felsen vor ihm auf. Sie wich keinen Schritt zur Seite.

»Die gute Gesundheit und das Wohlergehen meiner Frau sind mir im Moment wichtiger, als die ungestörte Nachtruhe meiner Stiefmutter, Miß Biddles. Bitte wecken Sie die Lady und sagen Sie ihr, daß ich sie unverzüglich zu sprechen wünsche!«

Obwohl sich die Frau diesem autoritären Ton beugte, drückte ihre ganze Haltung heftiges Widerstreben aus. Der Earl ignorierte es. Er durchmaß den kleinen Damensalon, in dem zwei mehrarmige Kerzenleuchter auf dem Kaminsims Licht spendeten, mit ungeduldigen Schritten. Er war nahe daran, das Nebenzimmer einfach zu betreten, als Lady Amanda am Ende hereinschwebte. In einen rüschenbesetzten Morgenmantel aus vielen Lagen rosa-changierender Seide gehüllt, die silberblonden Haare offen über die Schultern fließend, war sie auch zu so ungewöhnlicher Stunde ein Bild gepflegtester Eleganz und leiser Freundlichkeit.

»Nein, Gervais«, sie hob abwehrend die schlanke

Rechte. »Du mußt dich nicht entschuldigen. Ich habe Biddles schon dafür gerügt, daß sie so unfreundlich zu dir war. Selbstverständlich bin ich zu jeder Tageszeit für dich da, wenn du mich sprechen möchtest. Was gibt es Neues? Habt ihr Leonor gefunden? Sicher hatte die Ärmste wieder einen ihrer Anfälle. Ich hoffe, Dr. Fielding ist benachrichtigt?«

Das weiche Kerzenlicht setzte eine Aureole aus Licht um die duftigen Locken, ließ aber den Ausdruck ihrer Augen im Dunkeln. Gervais Croyde suchte vergeblich, hinter das besorgte Lächeln zu sehen. Konfrontiert mit dem vollen Charme seiner Stiefmutter, kam ihm sein Verdacht plötzlich an den Haaren herbeigeholt und völlig abstrus vor. Trotzdem, da existierte der Brief...

»Nein«, antwortete er schroff. »Dr. Fielding ist nicht alarmiert, denn Leonor ist nach wie vor verschwunden. Du scheinst, neben mir, die letzte gewesen zu sein, die mit ihr gesprochen hat. Machte sie irgendwelche Andeutungen? Besteht keine Möglichkeit, daß du weißt, wo sie ist?«

»Iiich? Lieber, du bist völlig durcheinander. Bitte setz dich, Biddles wird dir Tee bereiten! Biddles!« Eine auffordernde Geste an die ältere Frau, dann wandte sie sich wieder Gervais zu. Aber sie drückte die Fingerspitzen eine Spur zu theatralisch gegen die Schläfen. »Verzeih, aber ich habe Kopfschmerzen. Die ganzen Aufregungen, du verstehst. Lieber, hast du eigentlich schon einmal darüber nachgedacht, daß deine kleine Frau auf Wintash sehr unglücklich gewesen sein muß? Sie paßt nicht zu uns. Vielleicht hat sie das gemerkt und ist einfach davongelaufen. Unter Umständen machen wir uns völlig umsonst Sorgen um sie? Sie kommt schließlich aus einfachsten Verhältnissen. Du kannst schwerlich erwarten, daß sie weiß, wie sich eine richtige Lady benimmt...«

Der Earl ließ seine Stiefmutter keine Sekunde aus den

Augen, und er griff das Stichwort auf, ehe sie die Möglichkeit fand, ihre Spekulationen fortzusetzen.

»Ihre Mutter war Susannah Delshannon, eine Tochter des Ehrenwerten Patrick Delshannon, deines verstorbenen Onkels. Seit wann setzt du deine eigene Familie derart herab? Immerhin hast du mir erklärt, daß die Delshannons auf einen längeren und älteren Stammbaum zurückblicken können, als die Earls von Wintash! Du siehst mich verwundert...«

Der heftige Ruck, mit dem Lady Amanda ihm den Rücken zudrehte, brachte ihre Volants in gefährliche Nähe zur Kaminglut, aber sie beachtete es nicht. Ebensowenig wie das Geräusch im Nebenzimmer, das zu deutlich bewies, daß Miß Biddles lauschte, anstatt in die Küche gegangen zu sein, um den Tee zu brühen.

»In der Tat«, lachte sie, eine Spur zu schrill. »Welches Märchen hat dir das Kind da erzählt? Die arme Susannah war nie verheiratet, geschweige denn, daß sie Mutter wurde. Sie ist vor mehr als zwanzig Jahren gestorben!«

»Exakt«, nickte Gervais und trat so nahe, daß Lady Amanda zwischen seiner Gestalt und der Kamineinfassung gefangen war. »Sie starb nach der Geburt ihrer Tochter Leonor. Und sie war sehr wohl verheiratet. Mit dem Kaufmann Rowland Epworth, der eine Menge mehr Barmherzigkeit in seiner Krämerseele hatte, als die hochwohlgeborene Amanda Delshannon, die ihre eigene Kusine ohne Skrupel mittellos und schwanger auf die Straße gesetzt hat!«

»Märchen!« Zum ersten Male entdeckte er Unsicherheit in Lady Amandas Blick. Ein Flackern in den Augen, das sowohl Panik wie auch Zorn sein konnte. »Da hast du den Grund, warum Leonor verschwunden ist. Sie wagt es nicht, mir ihre Lügen ins Gesicht zu sagen!«

»Und was ist das?«

Lady Amanda erkannte das vielfach gefaltete Schreiben zwischen Gervais' Fingern auf Anhieb. Ohne daß sie es beeinflussen konnte, sah sie zu ihrem zierlichen französischen Sekretär hinüber, dessen Geheimfächer sie bisher für absolut sicher gehalten hatte. Wie war dieser Brief in den Besitz von Gervais gekommen? Mit letzter Kraft hielt sie ihre Rolle als ahnungslose Unschuldige aufrecht, aber es fehlte ihr mittlerweile an der üblichen Perfektion.

»Ein Brief, scheint mir«, entgegnete sie betont kühl. »Du hast also doch Nachricht von Leonor. Warum verschweigst du das und versuchst, mich zu beleidigen?«

»Dieser Brief gehörte zum Testament von Rowland Epworth! Ich war selbst dabei, als der Anwalt Leonor das Schreiben überreichte. Du weißt, daß in diesen Zeilen eine ganz und gar unglaubliche Geschichte steht. Warum hast du ihn Leonor entwendet?«

»Antworten Sie ihm nicht, Mylady! Er hat kein Recht, so mit Ihnen zu sprechen! Gehen Sie, Mylord...«

Miß Biddles hatte endgültig den halbherzigen Versuch aufgegeben, wenigstens nach außen hin die gehorsame Zofe zu mimen. Einer Leibwache gleich, stürzte sie aus dem Nebenzimmer an Lady Amandas Seite und faßte die unruhigen Hände ihrer Herrin, die nun Lord Wintash einen glitzernden, arroganten Blick zuwarf.

»Leonor! Leonor! Gütiger Himmel, man möchte meinen, dieses dickliche Geschöpf hätte dein Herz erobert, Gervais! Besinne dich, wer du bist! Der elfte Earl von Wintash! Ein Mann von Ehre, Reichtum und Einfluß! Und weißt du, wer dir dazu verholfen hat? Ich! ICH!«

Gervais Croyde starrte die elegante Schönheit an, die wie im Wahn den Kopf nach hinten warf und zu lachen begann. Mit einem Schlag war alle Erhabenheit von ihr abgefallen, und ihre Stimme klang schrill und mißtönend. Sie riß sich von ihrer Zofe los und baute sich vor ihm auf. Die Hände in die schmalen Hüften gestemmt, den tadellos geschminkten Mund höhnisch verzogen.

»Während du nach der Pfeife dieses Kaufmannes tanzen wolltest, habe ich meine eigene Melodie komponiert, Gervais Croyde! Nie hätte ich zugelassen, daß Susannahs Balg in diesem Hause Herrin wird! Ich durchschaute und verabscheute sie vom ersten Blick an! Auch Susannah hatte diesen sanftmütigen Schafsblick, der aus euch Männern beschränkte Helden und Kavaliere macht. Anfangs täuschte mich ihre dickliche Gestalt, aber als sie an Gewicht verlor, ahnte ich die Gefahr. Glücklicherweise hatte ich bereits ihrem Vater seinen erkauften Hochzeitstag für ewig verdorben. Ha, welch ein Anblick, als er wie der Pfeffersack, der er war, zwischen Braten- und Gemüseschüsseln fiel!«

Betroffen wich der Lord vor der Frau mit den verzerrten Zügen zurück. Sein Gehirn weigerte sich, diese Tirade aus Haß und empörenden Einzelheiten zu glauben. »Ich glaube, ich begreife nicht alles, was du sagst...« murmelte er fassungslos.

»Dummkopf! Ich habe dir dein Erbe mit gesichert!« zischte die Witwe. »Du bist reich! Reicher als dein Großvater es jemals war! Meinst du, dieses Vermögen wäre an dich gefallen, solange Epworth lebte? Wer, denkst du, tat das Gift in seinen Wein?«

»Nein, Mylady, nicht! Bei Gott, Sie werden alles verderben, so hören Sie doch auf...«

Biddles flehte vergeblich. Lady Amanda sonnte sich in ihrem Triumph, ohne die entgeisterte Miene ihres entsetzten Stiefsohnes zur Kenntnis zu nehmen. Endlich konnte sie ihm sagen, was sie für ihn getan hatte!

»Gift?« Der Earl starrte sie an, als habe sie sich vor seinen Augen in einen Drachen verwandelt.

»Natürlich! Biddles kennt das Geheimnis des roten Fingerhutes, und es war höchst einfach, dem eingebildeten Tölpel ein präpariertes Glas unterzuschieben. Nur lästig, daß die gute Biddles nicht den Mut hatte, bei deiner Gattin die gleiche hohe Dosis zu verwenden...«

»Du bist verrückt!«

»Stimmt!« zischte Lady Amanda und schlängelte sich an ihm vorbei, um eine unruhige Wanderung durch das Zimmer aufzunehmen. Die Kerzen begannen im Luftzug zu flackern, und ein nervöser Schatten folgte ihrer Gestalt übergroß an Wänden und Möbeln. »Verrückt, vor jahrelanger Langeweile in diesen modernden Mauern! Wenn es einen Trank gäbe, um dieses Schloß zu vernichten, ich würde ihn eigenhändig über die höchste Zinne gießen. Ich hasse dieses Gefängnis, diesen ständigen Wind vom Meer, die Eintönigkeit eines Lebens, das mich vor Monotonie schreien macht! Ich habe Rupert geheiratet, um endlich in London leben zu können. Ich träumte von Festen, Opernbesuchen, Hofempfängen und dem Erfolg meiner Schönheit! Es wäre mir nie in den Sinn gekommen, daß er mich, nur mit einer langweiligen Kusine zur Gesellschaft, in Cornwall vergraben wollte. Die Mutter für einen verzogenen Stammhalter sollte ich spielen! Aber nun ist alles überstanden, endlich kann ich zu leben beginnen! Wir werden in die Hauptstadt übersiedeln, noch ist es nicht zu spät für mich! Du wirst das Erbe deiner Frau antreten, und ich weiß, daß du nie vergessen wirst, wer dir dazu verholfen hat!«

Die aufrichtige Erschütterung in Gervais blauen Augen wich einem verheerenden Zorn, der nur mühsam von seiner Vernunft in Grenzen gehalten wurde. Er packte Lady Amanda so heftig an den Schultern, daß dieser ein leiser Jammerlaut entfloh. »Was hast du mit Leonor gemacht? Wo ist sie? Antworte!«

»Laß mich los, du tust mir weh, Gervais!«

Ungerührt verstärkte der Earl seinen brutalen Griff. »Wo ist Leonor?« Der unheildrohende Ton dieser Frage, im Verein mit seiner ungebändigten, groben Wildheit, durchdrang sogar Lady Amandas selbstherrliche Genugtuung. Für einen Moment stutzte sie, dann versuchte sie sich vergeblich zu befreien.

»Fort! Sie wird nie wieder kommen, so glaub mir doch! Wir sind reich! Susannah hat ihre Schuld an mir bezahlt!« Das Gelächter, mit dem ihre Stimme abbrach, jagte dem Mann einen Schauer des Entsetzens über den Rücken. Seine Stiefmutter war krank! Geisteskrank! Eine Irre, die sich seiner ahnungslosen Frau bemächtigt haben mußte!

»Welche Scheußlichkeit hast du ihr angetan?« knirschte Lord Wintash und schüttelte sie wie eine Gliederpuppe, die keine eigene Festigkeit in den Knochen hat. »Wo finde ich Leonor?«

»Wo du sie findest?« Endlich war es Lady Amanda gelungen, sich von ihm zu befreien. »Nirgends! Dort draußen!« Ihre Armbewegung deutete zum Fenster. »Die Flut wird sie mitgenommen haben! Ich bezweifle, daß man ihren Körper jemals wieder findet!«

»Die Flut?«

»Das Meer!« bestätigte die Witwe hämisch. »Ich habe sie zu einer Spazierfahrt an den Strand eingeladen und bin mit ihr die Klippen hinuntergegangen. Es war leicht, sie durch den Schmugglergang zum Schloß zu schicken. Es bedurfte nur des Vorwandes, daß ich mir angeblich den Knöchel verstaucht hätte. Zuvor hatte Biddles auf meinen Befehl schon dafür gesorgt, daß in der alten Laterne nicht mehr genügend Öl war. Den Rest wird die Flut erledigt haben.«

»Mörderin!« Der Schrei Lord Wintashs brach sich an den Wänden, aber Lady Amanda lachte nur erheitert. Das amüsierte, grelle Kichern war so grauenvoll, daß der Earl am liebsten davongelaufen wäre. Wieso hatte er nicht bemerkt, daß die nervöse Angespanntheit seiner Stiefmutter irgendwann in krankhaften Wahn umgeschlagen war?

Wieso war es ihm nicht gelungen, Leonor vor diesen beiden Hexen zu schützen? Er wußte, warum. Er war zu sehr in seinen eigenen dummen Stolz vertieft gewesen, um die Gefahr zu erkennen, in der sie schwebte. Arme Leonor! Wie grauenvoll war sie von allen im Stich gelassen worden! War es wirklich zu spät, sie zu retten?

Es war auf jeden Fall zu spät, um auch nur eine Sekunde kostbarer Zeit zu verlieren! Ohne sich um das lärmende Gezeter der ältlichen Zofe zu kümmern, griff er nach Lady Amandas Handgelenk und zog sie so nahe an sich, daß er in die unnatürlich geweiteten Pupillen ihrer Augen sehen konnte. »Du wirst mit mir kommen und bei der Suche nach Leonor helfen«, knirschte er. »Und Gnade dir Gott, wenn ihr etwas passiert ist!«

Die unverhüllte Drohung erreichte, was alle Worte bisher vergeblich versucht hatten. Seine Stiefmutter brach ab, verengte mißtrauisch die Lider. »Du willst dieses Mädchen suchen? Bist du närrisch? Warum?« Die Röte ihres Gesichtes war plötzlich durchsichtig fahler Blässe gewichen. Zum ersten Male flackerte so etwas wie echte Angst in ihrem Blick. »Warum, Gervais?«

»Weil ich sie liebe!«

Mit einem unartikulierten Laut schlug sie die Hände vor das bleiche Gesicht. »Ich hätte es wissen müssen«, keuchte sie angestrengt. »Vom Augenblick als ich das Siegel dieses Briefes brach, hätte ich es wissen müssen. Wie der Vater so der Sohn. Narren, lächerliche Narren...«

So hatte also Leonor nie die Nachricht ihres Vaters gelesen! Nichtsahnend ihrer schlimmsten Feindin vertrauend, war sie in die Falle gegangen!

Heißer Zorn, vermischt mit einem unbekannten drükkenden Gefühl, das ihm den Atem benahm und den Blick trübte, erfüllte Gervais Croyde bis in die letzten Fingerspitzen. Er ahnte nicht, daß das Furcht war. Nackte, unbändige Angst vor der Erkenntnis, daß Leonor diesem mörderischen Komplott längst zum Opfer gefallen war. Daß er sie verloren hatte, ehe er sie um Verzeihung bitten konnte...

»Spar dir deine dramatischen Ausbrüche«, herrschte er Lady Amanda rauh an. »Einen Mantel für Ihre Herrin, Biddles! Und wagen Sie selbst nicht, das Schloß zu verlassen! Ich werde Befehl geben, Sie daran zu hindern.«

Einer Schlafwandlerin gleich, folgte die Dienerin seinen Befehlen. Alles war vorbei. Die hochfliegenden Träume der Witwe, als gefeierte Schönheit der Saison einen neuen Gatten zu finden. Ihr eigener Ehrgeiz von dem Geld, daß ihr Amanda versprochen hatte, einen eleganten Modesalon in London einzurichten. Sie hatte es geahnt, seit der Versuch fehlgeschlagen war, Lady Leonor auf dieselbe Weise umkommen zu lassen, wie ihren Vater. Auf welchen verbrecherischen Weg hatte sie das kapriziöse, verwöhnte Mädchen in seiner Sucht nach Luxus und Anerkennung geführt, das sie vor vielen Jahren aus seiner Heimat hierher begleitet hatte?

Was blieb ihr nun noch, außer dem demütigendem Ende vor den Schranken des Gerichtes?

14. Kapitel

Ein steifer Wind fegte als Vorbote eines Herbststurmes über die Klippen unterhalb des Schlosses und brachte die Fackeln und Laternen fast zum Erlöschen. Obwohl im Osten die Ahnung der kommenden Morgendämmerung zu erkennen war, nahm sich der kleine Trupp nicht die Zeit, auf das kommende Tageslicht zu warten.

Zwischen fünf und sechs Uhr morgens würde die Flut erneut ihren Höchststand erreichen und den Schmugglerstollen bis an die oberste Kante der Decke überschwemmen. Erst auf halbem Weg zum Schloß, wo der Stollen abbrach und das Wasser in eine unterirdische Grotte fiel, die ebenfalls mit dem Meer verbunden war, endete die tödliche Gefahr.

Leonor schien diesen Scheitelpunkt nicht erreicht zu haben, denn im Schein der Fackeln war der Gang bis dorthin nur von Millionen von Käfern, Spinnen und hastig flüchtenden Kriechtieren bevölkert gewesen. Der Steg, der den gurgelnden Schacht überbrückte, war zerbrochen. Die modernden Holzreste machten deutlich, daß dies bereits vor einiger Zeit geschehen sein mußte.

Fennimore warf seinem Bruder und der Frau, die dieser in rücksichtslosem Klammergriff am Arm festhielt, einen besorgten Blick zu. Es war erst ein paar Jahre her, als er, in leichtsinniger Abenteuerlust, die Warnungen der Fischer vor Ebbe und Flut in den Wind geschlagen hatte. Ihm war es damals mit letzter Kraft gerade noch gelungen, die rettende Brücke zum Schloß zu erreichen. Aber er erinnerte sich nur zu gut an die Furcht und das Herzklopfen, mit dem er beobachtet hatte, wie das steigende

Wasser, einer Kanonenkugel gleich, aus dem Schacht geschossen und über dem Steg in die Tiefe gebrochen war. Niemand, der sich zur Zeit der hohen Flut in diesem Stollen befand, ohne Licht und Orientierung, vermochte mit dem Leben davonzukommen.

Leonor war tot! Daran änderte auch der Versuch nichts, vor dem nächsten Einbruch des Wassers die Strecke jetzt noch einmal von der Seeseite aus abzusuchen. Es konnte Tage, sogar Wochen dauern, bis das Meer ihren zerschmetterten Körper an Land spülen würde, wenn es überhaupt jemals der Fall sein sollte...

Lady Amandas schwarzer Samtumhang, der sie von den Schultern bis zu den Schuhspitzen einhüllte, blieb am Stolleneingang an einer Felskante hängen. Er schlug zurück, und im flackernden Fackelschein glühte der rote Satin des Futters wie eine weitere Flamme. Ihre offenen Haare waren zerzaust und ihre Lippen ein schmaler Strich. Tief eingegrabene Falten zu beiden Seiten des Mundes verrieten ihre Anspannung. Es war offensichtlich, daß sie nach einer Möglichkeit suchte, Gervais Croyde zu entkommen, doch dieser lockerte nicht eine Sekunde seine Finger.

»Es ist zu gefährlich! Sieh nur, das Wasser überspült bereits den Boden!« kreischte sie.

Auch Fennimore kannte die Gefahren des Gezeitenwechsels. Zudem war gerade Vollmond, und das Wasser hatte seinen monatlichen Höchststand erreicht. Er wünschte, er hätte Gervais überredet, doch einen der Diener mitzunehmen. Vielleicht wäre es einem erwachsenen Mann eher gelungen, ihm die Gefahr des sinnlosen Unternehmens begreiflich zu machen. Seiner Mutter hingegen mußte niemand etwas erklären.

»Ich gehe dort nicht hinein!« schrie die Witwe und packte ihrerseits die Aufschläge des Umhanges, mit dem sich ihr Stiefsohn vor dem Wind schützte. »Du kannst mich auf keinen Fall dazu zwingen, in dieses Höllenloch zu gehen!«

»Du kommst mit, und wenn ich dich trage!« Die äußerlich so ruhige Feststellung wurde von einem so erbarmungslosen Blick aus schmalen Pupillen begleitet, daß der Schrecken, den Lady Amanda bisher mühsam unter Kontrolle gehalten hatte, endgültig von ihr Besitz ergriff.

»Gervais! Begreif doch endlich, ich habe alles für dich getan! Du bist alles, was ich habe...!«

»Ich bin alles, was zwischen dir und dem Reichtum steht!« korrigierte er sie wutentbrannt. »Welches Ableben hättest du mir zugedacht, sobald Leonors Vermögen in meinen Händen gewesen wäre? Gift? Ein tödlicher Unfall? Eine verirrte Kugel? Ich bin sicher, du hättest keine Mühe damit gehabt, das Passende zu finden...«

Sie tauchten in die feuchte Dunkelheit des Ganges, und der Wind blieb wie abgeschnitten hinter ihnen zurück. In der plötzlichen Stille klang das Keuchen ihres Atems doppelt laut. Auch wenn man das Wasser in den Schuhen noch nicht spürte, ihre Schritte platschten bereits durch die ersten Pfützen.

Fennimore hielt die Fackel höher, und der Schein tanzte über die Wände. Er enthüllte die Teermarkierungen an den Wänden, die auch das Salzwasser nicht abwaschen konnte. Vermutlich hatte Amanda Leonor nicht darauf hingewiesen, daß die scheinbar zufälligen Kleckse den richtigen Weg nach Wintash markierten.

In diesem gespenstischen Zwischenreich verlor man schnell jeden meßbaren Zeitbegriff. Fennimore hätte nicht zu sagen vermocht, wie weit sie gegangen waren, als Gervais so abrupt den Schritt verhielt, daß Lady Amanda hart gegen seinen Rücken stieß.

»Verdammt, Gervais...«

Sie brach mitten im Fluch ab und starrte auf das Gebilde, das der Earl hinter einem Felsbrocken hervorriß. Es hatte sich in dem Spalt zwischen Wand und Stein verfangen und riß knirschend, als er fester zupackte. Trotzdem war zu erkennen, daß die Reste einmal ein Hut gewesen sein mußten. Ein Strohhut mit schmaler Krempe und Zierband. Ein Damenhut. Leonors Hut!

Ohne daß ihm bewußt wurde, was er tat, nahm Gervais Croyde die Hand von Lady Amandas Arm. Er berührte vorsichtig das nasse, zerknitterte Band. Er hätte nicht einmal sagen können, welche Farbe es ursprünglich gehabt hatte. Grün? Wie jener seidige Mantel, der ihm zum ersten Mal Leonors unverhoffte Schönheit enthüllt hatte? Rot? Wie die feuerigen Reflexe in ihrem offenen, dichten Haar? Oder schwarz, wie die erdrückende Verzweiflung, die von nun an sein Begleiter sein würde?

Fennimore war näher getreten, um den Fund ebenfalls zu prüfen. Er sah das qualvolle Antlitz seines Bruders. Jedes Wort blieb ihm im Halse stecken. In der belastenden Stille vernahm man nur das Rauschen der unterirdischen Wasserläufe, welche die Flut bereits anschwellen ließ. Einer von ihnen war zu Leonors frühem Grab geworden.

Erstarrt, übermüdet und zutiefst niedergeschlagen, lehnte sich der Siebzehnjährige gegen die Wand. Er wünschte sich, ein Kind zu sein und wieder weinen zu dürfen. Seine Lider sanken wie von selbst nach unten, als er aus den Augenwinkeln gerade noch die Bewegung eines huschenden Schattens wahrnahm. Ehe er begriff, was geschehen war, hatte Lady Amanda einen faustgroßen Felsbrocken in ihrer Hand und schmetterte ihn mit voller Wucht auf Gervais' Hinterkopf. Mit einem Ächzen brach der Lord zusammen, und seine Fackel rollte ein paar Schritte weiter. Glücklicherweise jedoch, ohne zu erlöschen.

Als die Witwe an ihm vorbeilaufen wollte, war Fennimore schlagartig wieder Herr seiner Sinne. Im letzten Moment bekam er ihren Umhang zu fassen und packte zu. Tapfer vertrat er ihr den schmalen Fluchtgang. Er würde nicht zulassen, daß sie vor der Verantwortung für ihre grauenvollen Taten floh!

Gehetzt hielt sie inne, ihr Blick irrte an ihm vorbei ins Dunkel. Dann machte sie jäh auf dem Absatz kehrt und lief blindlings in die entgegengesetzte Richtung davon. Der Viscount Feversham behielt nur den Stoff des fallenden Mantels zwischen den Fingern, während die Flüchtige den Saum ihres rosafarbenen Hauskleides raffte, um schneller das Weite suchen zu können.

»Mutter!« Als ihm klar wurde, daß sie in ihren sicheren Tod rannte, kam ihm das vergessene Wort, das er ihr seit vielen Jahren verweigert hatte, wie von selbst wieder über die Lippen. »Mutter, so bleib stehen! Halt!«

Fenns wilder Aufschrei, im Verein mit der kühlen Meerwasserpfütze, in die er gestürzt war, vertrieben die Benommenheit des Earls. Er kam eben wieder auf die Knie, als auch Fennimore an ihm vorbeirannte. Die pochende Wunde ignorierend, aus der langsam Blut in seinen Hemdkragen tropfte, packte er die zweite Fackel und schleppte sich vorwärts.

Die kurze Spanne, in der er zugelassen hatte, daß sein Kummer über seine Vorsicht siegte, war schon ein verheerender Fehler gewesen. Amanda Croyde nutzte bedenkenlos jeden Vorteil aus. Er verdrängte den Schmerz aus seinem Bewußtsein und stolperte den beiden hinterher. In der einen Hand die Fackel, sich mit der anderen an der Wand des leicht gewundenen, abschüssigen Ganges abstützend. Nur im Unterbewußtsein bemerkte er, daß der Boden bereits eine Handspanne hoch mit stetig fließendem Meerwasser bedeckt war.

Fennimore hatte Lady Amanda unmittelbar am Rand des Stolleneinbruches eingeholt. Im flackernden Schein des Lichtes war aber schwer zu erkennen, wer Sieger in dem wüsten Handgemenge bleiben würde, das sich immer gefährlicher dem Abgrund näherte. Vergeblich versuchte der Junge, mit Worten an seine hysterische Mutter zu appellieren.

»Du mußt mit mir kommen! Wir müssen hier raus, sonst werden wir alle ertrinken!«

Schrilles, verstörtes Lachen antwortete ihm, während sich die Witwe erneut von ihm befreite, weil er nicht wagte, so zuzupacken, daß er ihr weh tat.

»Nur zu!« kreischte sie mit unkenntlicher Stimme. »Alle sollen ertrinken! Alle! Dann bin ich die Herrin von Wintash! Dann gehört alles mir, und alle müssen meinen Befehlen gehorchen, alle!« Der grelle Singsang endete in einem hohlen Kichern, das nichts menschlich Normales mehr an sich hatte. Sie ging auf Fennimore zu, der wie gelähmt auf die gespreizten Hände blickte, die sich in Höhe seines Brustkorbes auf ihn richteten.

Obwohl er in diesem Herzschlag genau wußte, daß sie ihn über den Abgrund stoßen wollte, war er unfähig, auch nur die kleinste Geste der Gegenwehr zu machen. Es konnte doch nicht wahr sein! Er mußte träumen! Seine Mutter würde das nicht tun! Er war ihr einziges Kind! Sie hatte ihn zur Welt gebracht, sie würde...

»Feeeeenn!«

Ehe er begriff was geschah, wurde er zur Seite gerissen und taumelte gegen die schwankende Gestalt seines Bruders. Im selben Moment hatte Lady Amanda alle ihre Kräfte in einen Schlag gegen seine Brust gelegt. Ihr eigener Schwung trug sie nach vorne, und für die Bruchteile einer Sekunde sahen beide Männer das fassungslose Erstaunen auf ihrem Gesicht. Sie schien über der Grotte in der Luft zu schweben. Dann siegte die Schwerkraft! Mit einem gräßlichen Laut verschwand sie nach unten. Das Aufklatschen und Gurgeln des strömenden Wassers erstickte ihren Schrei.

»Mutter!«

Gervais barg Fennimores Gesicht schützend an seiner Schulter. »Du kannst ihr nicht mehr helfen, Kleiner! Sie hat sich selbst gerichtet!«

»O Gott, ich bin schuld!« schluchzte der Junge hemmungslos. »Warum habe ich sie nicht weggerissen! Wir müssen Hilfe holen, Stricke, eine Leiter...«

Der Earl schüttelte langsam den Kopf.

»Zwecklos! Der Sog ist so stark, daß sie bereits in die unterirdischen Gänge gezogen wurde. Komm, jetzt! Wir müssen uns beeilen. Die Flut steigt schon...«

Wie zur Bestätigung, sah Fennimore den beständig, reißender werdenden Fluß, der bereits aus dem Gang über den Abgrund strömte. Das Wasser stand knöchelhoch.

»Wir schaffen es nicht mehr...«

»Wir schaffen es«, versprach ihm Gervais. »Wir schaffen es Kleiner, und wenn es das Letzte ist, was ich tue. Ich werde nicht zulassen, daß auch du in diesem Loch umkommst. Und wenn wir draußen sind, werde ich den Dorfschmied beauftragen, ein Gitter vor diese verdammte Höhle zu machen, das nicht einmal die nächste Generation entfernen kann!«

Bis auf die Knochen durchnäßt, die Hände aufgeschürft und die Kleider zerfetzt, hielt Gervais Croyde, der elfte Earl von Wintash sein Versprechen. Erschöpft, schluchzend und mit seinen Nerven und Kräften völlig am Ende, brach sein Stiefbruder röchelnd auf dem Klippenweg zusammen.

Lord Wintash gönnte ihm diese Atempause. Er selbst fühlte weder seine Wunden, noch die Entkräftung. Eine große, schreckliche Leere war in ihm. Er blieb stehen, den Blick unverwandt auf das Meer gerichtet.

Der Wind hatte sich gelegt. Die Sonne tauchte eben aus den Fluten auf, und der rosige Morgenhimmel spiegelte sich in den silbernen, gleichmäßigen Linien der

Wellen. Die Welt war schön. Klar, sauber und von unzerstörbarer Kraft.

Der erste Morgen nach Leonors Tod. Was hatte er erwartet? Zerstörung? Äußere Zeichen für die vernichtende Katastrophe, die ihn getroffen hatte? Die Makellosigkeit des Morgens peinigte ihn, und das prachtvolle Bild verschwamm vor seinen Augen, und er taumelte. Wie sollte er leben, mit der Last all seiner Fehler und den bittersüßen Erinnerungen? Wie dem Dunkel entkommen, das sich wie eine erstickende Wolke über ihn legte?

15. Kapitel

»Nun, Mylord, das war eine außerordentlich heftige Erschütterung des Gehirns, und es hat nicht viel gefehlt, damit Ihre Schädeldecke bleibenden Schaden erlitten hätte. Hinzu kam eine totale Überanstrengung Ihrer Kräfte, die ein schlimmes Fieber zur Folge hatte. Wir haben ernsthaft um Ihr Leben gefürchtet. Wenn Sie diese medizinischen Tatsachen indes nicht darin bestärken können, liegenzubleiben, so tun es vielleicht die Kopfschmerzen und die Schwäche, unter der Sie unzweifelhaft auch jetzt noch leiden.«

Lord Wintash hatte beträchtliche Mühe, sowohl den weitschweifigen Ausführungen Dr. Fieldings zu folgen, wie auch zu begreifen, was überhaupt mit ihm geschehen war. Er lag in seinem Bett, so schwach wie ein Neugeborenes, und hinter seinen Schläfen pochte ein Hammerwerk.

»Was – was ist geschehen?«

»Ich überlasse es Mylady Wintash, Ihnen Genaueres zu erzählen, Mylord. Sie sollten sich schonen, und sie wird darauf achten. Darf ich Ihnen dennoch mein Beileid aussprechen? Ein tragisches Unglück, wirklich. Wir werden die Lady immer in unserer Erinnerung behalten...«

Der Earl schloß die Augen. Teils um den Worten zu entkommen, teils weil die Wucht, mit der sein Erinnerungsvermögen wieder einsetzte, seine dumpfen Schmerzen zu heller Qual verstärkte. Leonor! Es war Leonor, von der Dr. Fielding hier sprach! Er war zu spät gekommen, um seine Gattin zu retten, zu spät, um ihr in diesem Leben zu sagen, wie sehr er sie liebte und brauchte!

»Fennimore – mein Bruder...? Ist er in Sicherheit? Ich will ihn sehen... Wo – wo ist er?«

Dr. Fielding berührte besänftigend seine Schulter. »Nur keine Aufregung. Der junge Mann hat einen gewaltigen Schnupfen, aber er befindet sich bei Mistreß Kathryne in den allerbesten Händen. Sie flößt ihm rücksichtslos ihre Kräutertränke ein, und er beeilt sich schon aus reinem Selbsterhaltungstrieb mit seiner Genesung. Sie werden sich selbst davon überzeugen können, sobald es Ihnen ein wenig besser geht! Im Moment ist die Gefahr zu groß, daß er Sie ansteckt. Jede weitere Infektion wäre riskant. Ich werde jetzt Mylady Wintash Bescheid sagen, daß Sie endlich erwacht sind. Die Arme hat sich schreckliche Sorgen um Sie gemacht!«

Die Geräusche bewiesen dem Lord, daß der Arzt sein Schlafzimmer verlassen hatte, aber er behielt trotzdem die Lider geschlossen. Hinter seiner schmerzenden Stirn jagten sich die wildesten Gedanken. Mylady Wintash? Hatte die Hölle Amanda Croyde wieder ausgespieen? Wie war das möglich? Besaß sie die Frechheit, in dieses Haus zurückzukehren und die Herrin zu spielen? Sie, eine doppelte Mörderin? Eine dreifache, denn in gewisser Hinsicht war ihr sicher auch der Tod von Leonors Mutter anzulasten!

Verdammt, warum nur konnte er kaum einen Finger rühren? Er war Amanda und ihren Machenschaften ausgeliefert, solange er hilflos hier festlag! Wie war er ins Schloß gekommen? Er wußte, daß er Fenn den Küstenweg hinaufgeschleppt hatte, während bereits die ersten Wogen des hohen Flutstroms über ihnen zusammengebrochen waren.

Endlich außer Gefahr, hatte er dem Jungen und sich eine kurze Möglichkeit des Atemholens geschenkt. Er entsann sich eines tragisch schönen Sonnenaufganges, der Sehnsucht und des unfaßbaren Leides, danach war nichts mehr. Nur wirre Träume, flehentliche Fieberfantasien, unerfüllbare Wünsche. Das Gesicht Leonors, das sich besorgt über ihn beugte, wenn er in seiner Pein nach ihr rief. Das Gefühl sanfter Hände, die ihn wuschen, kühlten, beschwichtigten. Eine liebevolle Stimme, die auf seine verzweifelten Seufzer geantwortet hatte.

Welch Spuk der Verdammnis, daß es ausgerechnet Amanda gewesen sein sollte, die ihn gepflegt und für ihn gesorgt haben sollte. Hätschelte sie ihr Opfer, oder war sie so von ihrem Wahn besessen, daß sie annahm, er würde über ihre Verbrechen schweigen?

Und hatte Dr. Fielding nicht Mistreß Kathryne erwähnt? Wirklich Kathryne Tredyllan? Die Amme, die ihn aufgezogen und nach dem Tod seiner Mutter getröstet hatte, bis Lady Amanda darauf bestand, daß er zu den Vayles geschickt wurde? Die Trennung von Kathryne war das schlimmste, prägendste Erlebnis seiner frühen Kindheit gewesen. In seinem Herzen war sie damals die Mutter, an der er mit all seiner Liebe und Anbetung hing. Daß sie ihn nicht verteidigte und bei sich behielt, hatte er in seiner Enttäuschung viele Jahre nicht verstehen können.

Wie er aus den Unterlagen des Gutes, nach dem Tod seines Vaters, erfahren hatte, lebte sie in einem kleinen Häuschen in Wintash, dem gleichnamigen Fischerdorf, das in unmittelbarer Nachbarschaft des Schmugglerfelsens im Schatten der Klippen lag. Wieso war sie ins Schloß zurückgekehrt? Sie mußte inzwischen weit über Fünfzig sein, und daß sich Amanda plötzlich ihrer Dienste entsann, um Fennimore pflegen zu lassen, hörte sich seltsam an...

Stöhnend legte er den Handrücken schützend über seine Augen. Warum mußte er ausgerechnet jetzt hilflos in den Kissen liegen? War Fennimore tatsächlich so erkältet, oder gehörte es zu Amandas diabolischen Plänen, seinen Bruder und ihn zu trennen?

Ein leises Klicken und das Rascheln weiter Frauenröcke, die sich in ihren zahllosen Falten aneinander rieben, verrieten ihm, daß er nicht länger allein war. Amanda! Der unbeschreibliche Haß auf sie, gab ihm sogar die Kraft seiner Stimme zurück.

»Geh!« knirschte er. »Wenn du auch nur einen Funken Ehre in deinem verdorbenen Leib hast, dann geh, und wage mir nie wieder unter die Augen zu kommen! Ich verabscheue deinen Anblick!«

Ein entsetztes, unterdrücktes Keuchen, das fast einem Schluchzen glich, antwortete ihm. Ein jämmerlicher Laut, der das Mitleid eines Felsens erregt hätte, aber er war darüber hinaus. Sie hatte Leonor auf dem Gewissen! Warum ging sie nicht endlich? Widerwillig nahm er die Hand herunter und öffnete die Lider.

Eine Frau stand am Fußende seines Bettes, aber es war nicht Amanda Croyde! Vor seinen ungläubigen Augen schwebte eine Vision. Er mußte träumen, erneut vom Fieber heimgesucht worden sein. In ein nilgrünes Seidenkleid gehüllt, das mit seinem engen Oberteil keinen Zweifel an ihrer wohlgeformten Figur und schmalen Taille ließ, stand da eine elegante, junge Dame, die aufs Haar Leonor glich. Aber einer Leonor, wie er sie noch nie gesehen hatte.

Die üppigen Locken waren auf dem Hinterkopf zusammengefaßt, und eine glänzende, mahagonifarbene Strähne ringelte sich über die bloße Schulter. Ein einzelner, zu Facetten geschliffener Smaragd an einer schlichten Goldkette betonte den Alabasterschimmer des Dekolletés, das sich waagerecht über dem Busenansatz um die Oberarme spannte. Die gewollte Einfachheit des Gewandes verriet die Kunst der Schneiderin und machte aus seiner Trägerin die vollendete Inkarnation einer Lady.

Lediglich der Ausdruck des entsetzten Gesichtes wollte nicht passen. Die sturmgrauen Augen weit aufgerissen, mit bebenden Lippen, starrte sie ihn an. Wie versteinert von der Glut der Verachtung, die in seinen Worten gelegen hatte. Sie war unfähig, seinen barschen Befehl zu befolgen, denn ihre Beine versagen den Dienst.

»Leonor – Liebste...?« Das heisere, mühevolle Flüstern durchbrach die plötzliche Stille. »Nein, sie ist tot – ertrunken! Amanda hat sie ermordet – ich muß träumen – das ist ein Spuk, mit dem sie mich endgültig um den Verstand bringen will, diese Hexe!«

Ein tiefer Atemzug wölbte die Brust der Besucherin, als sie begriff, daß der haßerfüllte Fluch offensichtlich gar nicht ihr gegolten hatte. Langsam legte sich ein Lächeln um ihre Lippen, und die Wärme ihres Blickes vertrieb das Entsetzen. Sie trat einen Schritt näher und faßte nach der unruhigen Männerhand, deren Innenseite noch immer die Schrunden und Schnitte der Felsen trug, wenngleich sie bereits verschorft und halb verheilt waren.

»Ich bin kein Spuk, Gervais! Hier, spür meine Finger. Ich lebe, es geht mir gut! Besser als je zuvor...«

Der Earl packte zu, auch wenn dabei Schmerzen bis unter seine Schädeldecke hochzuckten. Er versuchte sich aufzurichten, aber Leonor drückte ihn mit der zweiten Hand unverhofft energisch in sein Lager zurück.

»Erzähle!« forderte er befangen, und von der Fülle seiner eigenen Empfindungen förmlich sprachlos gemacht.

Leonor sah auf ihre verschlungenen Finger und spürte die Kraft dieser Berührung. Sie machte keinen Versuch, sich zu befreien. Sie gab dem Zug nach und setzte sich auf die Kante seines Bettes.

»Es gibt wenig zu berichten«, sagte sie leise, aber ohne Stocken. »Als die Laterne im Stollen ausging, bin ich in Panik geraten. Schon als Kind hatte ich eine Abneigung gegen dunkle Räume. Wenn es nicht so dringend gewesen wäre, Hilfe zu holen, ich hätte diesen verflixten Gang nie betreten. Ich bemerkte, daß das Wasser stieg, und zuvor hatte ich gesehen, daß sich der Stollen gabelte. Ich muß in meiner Angst völlig die Orientierung verloren haben. Ich lief einfach los, und wenn ich irgendwo gegen eine Wand rannte, wählte ich eine andere Richtung. Ich glaube, ich war ewige Zeiten wie wahnsinnig vor Furcht. Ich bildete mir ein, das Meer zu hören, das Steigen des Wassers zu spüren. Ich weiß, daß ich geschrieen habe wie eine Wahnsinnige, und dann war da plötzlich ein Licht! Ein Licht und eine Frau...«

»Wer? Amanda?« Ungeduldig bewegte sich der Earl und wurde erneut zur Ruhe gemahnt.

»Nein, Kathryne! Das hat sie mir natürlich erst später gesagt. Ich war durch Zufall irgendwann in jene verborgene Passage geraten, die von den Dorfbewohnern als Zugang zur Schmugglerbucht benutzt wurde. Angeblich ist es ein sorgsam gehütetes Geheimnis, das nur wenige Fischerfamilien von einer Generation zur nächsten weitergeben. Der Eingang liegt in Kathrynes Keller und deswegen wird das Haus von den Herren von Wintash auch nur an absolut treue ergebene Diener vergeben, hast du das gewußt? Kathryne ist eine ebenso tüchtige, wie praktische Frau. Sie benützt den Gang als Vorratskeller. Er ist kühl, ausreichend feucht und wie geschaffen dazu, die Winteräpfel zu beherbergen. Sie war dabei, die Kisten hinunterzutragen, als sie meine Schreie hörte. Der Rest ist einfach, sie ging dem Lärm mit einer Laterne nach und zog mich halb besinnungslos ans Tageslicht.«

»Aber warum hat sie keine Nachricht ins Schloß geschickt?«

Ein wenig beschämt wich Leonor seinem Blick aus. Ihm den Grund zu nennen, bedeutete auch, von ihrem

Mißtrauen und ihrem falschen Verdacht gegen ihn zu berichten. Aber vielleicht war es an der Zeit, endlich die Wahrheit zu sagen.

»Ich – ich war völlig außer mir! In einem üblen Zustand, und vor Grauen nicht zurechnungsfähig. Ich hatte mir die Hand an der Laterne verbrannt und konnte kaum noch sprechen. Sie sah, daß ich Hilfe benötigte und verschob alle Fragen auf später. Sie brachte mich zu Bett, flößte mir einen Beruhigungstrank ein und ließ mich schlafen. Als ich zu mir kam und wieder vernünftig reden konnte, war alles schon vorbei. Die Fischer hatten den zerschmetterten Körper Lady Amandas vom Strand geborgen, und die Kinder hatten beim Muschelsuchen Miß Biddles gefunden, die sich aus Angst von den Klippen gestürzt hatte...«

»Mein Gott...« Gervais Croyde schaute in das klare, schöne Antlitz seiner Frau, als könne er sich nicht satt daran sehen.

Leonor errötete und konzentrierte sich wieder auf ihre Erzählung. »Als Kathryne erfuhr, wer ich war, schickte sie zum Schloß, und Fennimore kam ins Dorf. Sein Bericht veranlaßte sie, mit mir zu kommen. Sie hatte den Eindruck, im Herrenhaus gebraucht zu werden, und ich wüßte nicht, wie ich ohne ihre Hilfe die vergangenen drei Tage überstanden hätte. Ein aufgelöster Haushalt, zwei tragische Unfälle, ein ohnmächtiger Lord, eine Schneiderin, die von Kathryne ständig zur Arbeit angetrieben wurde, ein zänkischer Schnupfenpatient und der Friedensrichter von St. Agnes, der höchst unangenehme Fragen stellte!«

Besonders der letzte Punkt interessierte Gervais begreiflicherweise. »Wie, in Dreiteufelsnamen, habt ihr beiden ihm diese Fragen beantwortet?«

»Wir sind so weit wie möglich bei der Wahrheit geblieben. Biddles hat sich in einem Anfall von geistiger Verwirrung über die Klippen gestürzt. Das immerhin stimmt. Lady Amanda, die – das bestätigen alle – an ihrer Zofe sehr hing, versuchte sie davon abzuhalten und rannte ihr nach. Das erklärt das zerfetzte Morgenkleid, das sie trug. Sie stürzte bei dem Versuch, Biddles aufzuhalten, ins Meer, während ihre Zofe ihr ursprüngliches Vorhaben nun erst recht ausführte sich über die Klippen warf. Beim Versuch, Lady Amanda zu helfen, die wie eine Furie hinter ihrer Zofe her in die Nacht hinausrannte, bist auch du auf den Klippen gestürzt, konntest aber von Fennimore rechtzeitig gerettet werden. Eine tragische Verkettung unglückseliger Umstände. Doktor Fielding bestätigte unaufgefordert, daß Lady Amandas Gesundheit in letzter Zeit sehr angegriffen gewesen ist. Daß sie nach dem Tode ihres Gatten von schlimmen Depressionen heimgesucht wurde und nur die vertraute Gegenwart ihrer Zofe diese Beschwerden milderte. Sie wurden beide gestern in der Familiengruft beigesetzt.«

»In der Familiengruft?«

Leonor nickte mit einer deutlichen Spur von Trotz. »Ja. So vermeiden wir überflüssige Gerüchte. Immerhin war sie Fennimores Mutter. Willst du es an die große Glocke hängen, daß sie zum Ende ihres Lebens ihre Sinne nicht mehr beieinander hatte?«

»Wie kommt es, daß du keine Rachegefühle gegen sie hegst? Sie hat dir nach dem Leben getrachtet, nur dem Zufall ist es zu verdanken, daß du dich retten konntest.«

Er sah die verlegene Röte, die Leonors Wangen färbte, und fragte sich nach dem Grund dafür. Als sie ihm endlich antwortete, klang ihre Stimme so stockend und scheu, wie er sie in Erinnerung hatte.

»I-ich war so schrecklich erleichtert, d-daß sie es war, die mir nach dem Leben t-trachtete – und nicht d-du…«

»Ich?« Diesmal war es ihr unmöglich, den Earl in den Kissen zu halten. »Wieso ich?«

Die Röte vertiefte sich. »Nun, du hast kein G-Geheimnis daraus gemacht, daß du diese Ehe verabscheust. Aber meine Mitgift wurde trotzdem überall dringend benötigt. Geld für Amanda, für Fennimore, für das Gut. Geld, das du geerbt hättest, wenn ich meinem Vater in den Tod gefolgt wäre...«

Mutig begegnete sie dem Blick der blauen Augen, die einen so ungewohnten Ausdruck trugen, daß sie den Atem anhielt. Sein Geständnis zauberte eine ungläubige Röte in ihre Wangen.

»Leonor! Ich war ein arroganter Trottel, ein Idiot, der jede Strafe verdient, aber glaube mir, es gibt keine Tat in meinem Leben, die ich mehr bereue, wie meine dummen Anschuldigungen nach der Testamentseröffnung deines Vaters. Es gibt keine Rechtfertigung für das, was ich gesagt und getan habe, auch wenn dein Leben von mir nie in Gefahr war. Ich habe nur eine Entschuldigung: Seit meiner Heimkehr von meinen Großeltern habe ich meine Stiefmutter verehrt. Ich habe sie bewundert, wie sie die Verachtung meines Vaters ertrug und sich von keinen Schikanen zerstören ließ. Ich sah die unschuldig Verfolgte ihn ihr und glaubte ihr jedes Wort, da die Taten meines Vaters dies auch zu bestätigen schienen. Sie war das Ideal, von dem ich hoffte, daß ihm meine Gattin eines Tages gleichen würde. Da ich später nur selten nach Wintash kam, solange ich beim Militär war, fiel es leicht, diese Illusion aufrecht zu erhalten. Als ich begriff, welcher kranke Verstand hinter Amandas schöner Fassade wohnte, war es zu spät! Ich weiß, daß du meinen Worten nicht mehr glauben kannst, aber ich werde dir jeden Tag aufs Neue beweisen, wie sehr ich dich liebe!«

»Dabei hätte ich den Tod von deiner Hand einem Leben ohne dich bei weitem vorgezogen!«

Die Ausschließlichkeit dieser ruhigen Feststellung raubte ihm die Beherrschung. War es möglich, daß das Schicksal ihnen eine neue Chance gab?

»Weißt du, was du da sagst?«

Leonor nickte, obwohl ihr das Herz bis in den Hals hinauf klopfte. Es war nicht leicht gewesen, Kathrynes Rat zu folgen. Sie hatte die sehnsüchtigen Rufe seiner Fieberfantasien gehört, allein es kostete eine Menge Mut, sie in klarer Wirklichkeit zu beantworten.

»Ich hätte dich nie freiwillig verlassen! Ich wünsche mir nichts mehr, als endlich deine Frau zu sein!«

»Liebste!«

Es war so leicht in seine wartenden Arme zu sinken und im kobaltblauen Feuer seiner Augen zu ertrinken. Ihre Lippen trafen sich zu einem verzehrenden Kuß, der alle Mißverständnisse auslöschte und nur die Wirklichkeit ihrer Liebe übrig ließ.

»Du meine liebe Güte, Kindchen, denk an seine Beulen. Du wirst dich schon noch ein paar Tage gedulden müssen, ehe du dich endgültig daran machst ihm den Kopf zu verdrehen!«

»Kathryne!« Ohne seine Frau aus den Armen zu lassen, betrachtete Gervais Croyde seine alte Amme. Die Jahre hatten sie ein wenig rundlicher werden lassen und die Haare grauer, aber ihren Schwung schien kein Winter gedämpft zu haben. Er erwiderte ihr Lächeln. »Ich verdanke dir das Licht meines Lebens...«

»Ich dachte mir, daß du Kleine magst«, brummte die Frau gerührt. »Sie ist ein Schatz. Viel zu gut für euch Wintashs, aber das war ja auch schon ihre arme Mutter...«

»Du weißt?« Gervais suchte Leonors Augen.

»Ja, Fennimore hat mir Vaters Brief gegeben. Er hat mich mit seinem Tod versöhnt. Ich weiß, daß er nun mit meiner Mutter wieder vereint ist.«

»Was ist mit Fenn? Wie geht es ihm?«

»Besser! Aber du solltest ihn schnellstens auf eine dieser Universitäten schicken, damit er sich den Wind um die Nase wehen läßt. Auf Wintash kommt er nur auf dumme Gedanken und vergafft sich noch mehr in deine Frau, der er jetzt schon nachläuft wie ein Hofhündchen!« stellte die alte Amme nachdrücklich fest. »Und nun ist Schluß mit dem Geturtel, du mußt schlafen, mein Junge, wenn du auf die Beine kommen willst!«

Der diktatorischen Anweisung war schwer Widerstand zu leisten, und Gervais ließ seine Frau nur ungern aus den Armen. Trotzdem gehorchte er und schluckte gehorsam die Medizin, die Kathryne für ihn vorbereitet hatte. Er beugte sich der Erkenntnis, daß nun ein ganzes Leben auf sie wartete und sie alle Zeit der Erde hatten, einander die Dinge zu sagen, die sie bisher nicht auszusprechen gewagt hatten. Mit Leonors Kuß auf den Lippen schlief er ein.

15. Kapitel

Mit konzentriert gerunzelter Stirn betrachtete Leonor, Lady Wintash, die dichten Reihen von Kleidern für jede wie auch immer geartete Gelegenheit. Die Modistin aus St. Agnes war nur zu bereit gewesen, sie in den erlauchten Kreis ihrer Kundschaft aufzunehmen. Hinzu kam, daß es da eine Menge bestellter Kleider gab, die von der modisch höchst anspruchsvollen Dame, die sie in Auftrag gegeben hatte, nie mehr getragen werden würden.

Ein paar veränderte Nähte, andere Verzierungen oder Farbzusammenstellungen, und die Garderobe der Herrin von Wintash konnte es mit der jeder tonangebenden Dame in London aufnehmen. Welch ein Glück, daß sich die Lady entschlossen hatte, die Trauerzeit um ihren Vater vorzeitig zu beenden.

Es hatte nicht viel gutes Zureden von Fennimore und Kathryne bedurft, damit Leonor die Notwendigkeit dieser Anschaffungen einsah. In der Sicherheit von Gervais' Liebe geborgen, fand sie plötzlich ein sinnliches Vergnügen daran, sich hübsch anzuziehen und die neu gewonnene, ansehnliche Figur zu schmücken.

Einer Figur die nicht mehr gefährdet war, da ein großer Haushalt in Verbindung mit einem anspruchsvollen Gatten, der sich auf seinem Krankenlager weidlich langweilte, sie so auf Trab hielten, daß sie gar keine Zeit zu überflüssigen Naschereien fand.

Trotzdem suchte sie für diesen speziellen Abend ein besonderes Gewand. Jane wartete geduldig im Hintergrund, bis sie ihre Wahl getroffen hatte. Aber sie war doch ein wenig enttäuscht. »Den alten Morgenmantel?

Warum nehmen Sie nicht den rubinroten neuen, den mit dem weißen Schwanenfeder-Besatz?«

Leonor schüttelte nachdrücklich den Kopf. »Nein, Jane. Ein anderes Mal. Heute muß es dieser sein.«

Jane gab seufzend nach. »Ein Glück, daß Sie wenigstens ein passendes Nachtgewand dazu haben.«

Sie reichte Leonor aus einer Schublade ein hauchdünnes Gespinst aus silbern schimmerndem, grünlichem Georgette. Ein silbernes Band hielt die Weite des runden, halsfernen Dekolletés und den Faltenwurf der voluminösen Ärmel an den Handgelenken. Vom Schnitt her klösterlich einfach, war der durchsichtige Stoff, der sich schmeichelnd an die Haut schmiegte eine einzige, raffinierte Verführung. Noch nie hatte sie so etwas getragen!

Leonor konnte nicht verhindern, daß sie beim Blick in den Spiegel rot anlief, als sie es übergestreift hatte. Hastig schlüpfte sie in den Seidenmantel und ließ sich vor ihrem Spiegeltisch nieder, damit Jane die Haare bürsten konnte. Ob die Zofe wohl ahnte, daß dies endlich ihre Hochzeitsnacht werden würde? Die Gründlichkeit mit der sie die Locken auf ihre Schultern drapierte und einen Hauch Blütenwasser über dem Scheitel versprühte, sprach zumindest dafür.

Aber vielleicht täuschte sie sich auch. Möglicherweise hatte sie die unausgesprochene Botschaft in Gervais Augen mißverstanden? Erst heute hatte ihm Dr. Fielding endlich erlaubt, das Bett zu verlassen. Nervös drehte sie ihren schweren Ehering am Finger hin und her. Wie eigenartig, so viele Wochen verheiratet zu sein, ohne die Wirklichkeit der Ehe zu kennen.

Ein energisches Klopfen an der bisher stets verschlossenen Zwischentür riß sie aus ihren Überlegungen. Also doch! Hastig zog sie den Gürtel um die Taille fest, und während sie Gervais die Erlaubnis zum Eintreten gab, wandte sie sich ziemlich aufgelöst an Jane.

»D-danke, du kannst g-gehen, ich brauche dich n-nicht mehr...«, flüsterte sie tonlos, inzwischen blaß vor Aufregung. Jane knickste und empfahl sich, ein verständnisinniges Lächeln auf den Lippen. Leonor preßte die Handflächen gegeneinander. Warum nur hatte sie vergessen, Kathryne um Rat zu bitten? Sie hätte ihr sicher erklärt, wie sie sich nun verhalten mußte, damit sie Gervais nicht enttäuschte.

»Ist es möglich, daß ich Furcht in deinen Augen entdecke?« Leonor fühlte die Umarmung und die sanfte Geste, mit der Gervais sie unter dem Kinn faßte, damit sie zum ihm aufsah. »Du mußt keine Angst haben, Liebste, ich werde dir nicht weh tun! Ich werde dir nie wieder weh tun!«

Ohne das zarte Sträuben zu berücksichtigen, küßte er sie liebevoll auf die Stirn, die Augenlider, die Wangen. Federleichte Zärtlichkeiten, die sie schnell mit einer solchen Ungeduld erfüllten, daß sie selbst es war, die schließlich die Arme um seinen Hals schlang und hungrig seinen Mund suchte. Danach schien alles ganz einfach zu sein. Ein Tanz, bei dem sich die Schritte und Bewegungen wie von selbst ergaben.

»Was bezweckst du mit diesem Negligé«, neckte sie Gervais, der das Kleidungsstück sehr wohl erkannte. »Willst du mich daran erinnern, daß ich einmal ein verdammter Dummkopf war?«

»Nein, mach die Erinnerung daran nicht kaputt. Sie hat mir soviel bedeutet. Wenn du nicht eingeschlafen wärest, ich hätte mich dir an diesem Abend hingegeben, ich liebte dich so sehr!« wisperte Leonor und ließ zu, daß er den Gürtel öffnete und den Mantel über ihre Schultern streifte.

»Du warst wie ein Traum, der mich seitdem verfolgte«, gestand Gervais schuldbewußt. »Es mußte ein Traum gewesen sein, denn du hättest ja allen Grund gehabt, mich zu hassen. Daß du bereit warst, mich ohne Bedingungen zu lieben, mußte einfach eine Illusion sein!«

Er brach ab, und ein scharfer Atemzug bewies, daß er jetzt die durchscheinenden Qualitäten des bisher verborgenen Nachtgewandes entdeckt hatte. Seine Pupillen weiteten sich. »Du lieber Himmel, willst du mich um das letzte bescheidene Restchen meines Verstandes bringen?«

»Wenn es in meiner Macht liegt...«

Der lange und leidenschaftliche Kuß der diesen geflüsterten Sätzen folgte, verschaffte ihnen nur eine unzureichende Erleichterung des sinnlichen Begehrens, daß sie beide verspürten. Leonor machte dabei jedoch die eindrucksvolle Entdeckung, daß ihr Gatte unter seinem Morgenmantel nackt war, und daß sein kraftvoller, männlicher Körper über eine Menge höchst außerordentlicher und verheißungsvoller Einzelheiten verfügte.

Da jedoch gleichzeitig Gervais das Geheimnis der feinen Silberkordel um ihren Halsausschnitt entdeckte, rutschte im selben Moment der hauchfeine Stoff wie ein flüchtiges Streicheln an ihr herab. Einer makellosen Statue gleich, schimmerte ihr blasser Leib im Kerzenlicht. Die unfreiwillige Diät hatte ihr die geschmeidigen Proportionen einer ebenmäßigen Marmorstatue geschenkt. Lange schlanke Beine, gefolgt von der gefälligen Kurve der Hüften und einem flachen Bauch. Der Busen, obwohl kleiner geworden, war von überraschender, verlockender Fülle und mit korallenroten, harten Knospen gekrönt. Stolz und ohne sich in falscher Scham zu bedecken, gestattete sie ihm, dieses Bild in sich aufzunehmen. Doch als er den flüchtigen Schauer sah, der über ihre Haut lief, trug er sie zärtlich auf die kühlen Laken des wartenden Bettes.

»Solltest du nicht das Licht löschen«, hauchte Leonor

befangen, während sie gleichzeitig seine athletische Stärke bewunderte.

»O nein!« Gervais beugte sich hinunter, um die rosigen Perlen ihrer Brüste zwischen die Lippen zu ziehen. »O nein«, wiederholte er, während sie vergeblich versuchte, ein hingerissenes Stöhnen zu unterdrücken und seinen warmen Atem auf den empfindsamen Knospen spürte. »Sagtest du nicht, daß du dich im Dunkeln fürchtest? Ich verabscheue die Dunkelheit, wenn sie mir deinen Anblick raubt. Du bist schön, Leonor! Der schönste Anblick, den sich ein Mann wünschen kann, weißt du das?«

Darauf gab es nur eine einzige Antwort, und Leonor gab sie mit soviel Hingabe und Leidenschaft, daß sogar der Schmerz, der gezwungenermaßen ihre erste Vereinigung begleitete, kaum mehr als ein kurzes Innehalten bewirkte, ehe sie in den Armen ihres Gatten das höchste Entzücken erfuhr.

»Ich liebe dich, Gervais!« seufzte sie viel später müde und sehr glücklich, während sie ihre Wange an der leicht kratzigen Krause seiner Brusthaare rieb und das Klopfen des Herzens darunter erlauschte.

»Das möchte ich dir auch geraten haben«, erhielt sie zur Antwort. »Ich fände es höchst unpassend, wenn mich die Mutter meiner Nachkommenschaft verabscheut!«

Leonor hob den Kopf und suchte seinen Blick. »Du meinst, wir hätten eben – es wäre m-möglicherweise...?« verlegen brach sie ab.

Der Earl schmunzelte und streichelte in sinnlichem Vergnügen ihren bloßen Rücken und die verführerische Wölbung darunter. »Du meinst, ob es uns schon gelungen ist, dieses Werk zu vollbringen? Keine Ahnung, mein Herz, aber wir werden es solange versuchen, bis du endgültige Klarheit hast. Und noch viele Jahre darüber hinaus. Ich verspreche es dir feierlich!«

»Wie schön…«, schnurrte Leonor und knabberte mit weichen Lippen das Stückchen Haut an, das gerade vor ihren Lippen lag. »Wann beginnst du mit dem nächsten Versuch?«

Weitere schöne und preiswerte Romane aus dem Bechtermünz-Verlagsprogramm:

Johanna Lindsey:

Stürmisches Herz
Herzen in Flammen
Geheime Leidenschaft

3 Bände, insgesamt 994 Seiten,
Format 13,0 x 19,0 cm, gebunden
Best.-Nr. 265 983
Sonderausgabe komplett nur DM 29,80

Jane Feather:

Jade-Augen
Bleib ungezähmt, mein Herz
Silbernächte

3 Bände, insgesamt 1408 Seiten,
Format 14,0 x 19,0 cm, gebunden
Best.-Nr. 284 422
Sonderausgabe komplett nur DM 29,80

Jennifer Blake:

Willkür meines Herzens
Wilder Jasmin
Wie Feuer auf meiner Haut

3 Bände, insgesamt 1106 Seiten,
Format 13,0 x 19,0 cm, gebunden
Best.-Nr. 265 181
Sonderausgabe komplett nur DM 29,80

Marie Louise Fischer:

Adoptivkind Michaela
Die Ehe des Dr. Jorg
Der Schatten des anderen

3 Bände, insgesamt 670 Seiten,
Format 14,0 x 22,0 cm,
gebunden mit Schutzumschlag
Best.-Nr. 254 508
Sonderausgabe nur DM 24,80

Amanda Quick:

Süsses Gift der Leidenschaft
Gefährliche Küsse
Entfesselt

3 Bände, insgesamt 1152 Seiten,
Format 12,5 x 18,7 cm, gebunden
Best.-Nr. 338 251
Sonderausgabe komplett nur DM 29,80

Linda Lael Miller:

Silbernes Mondlicht, das Dich streichelt
Wer ein Lächeln des Glücks einfängt
Wer dem Zauber der Liebe verfällt

3 Bände, insgesamt 880 Seiten,
Format 13,0 x 19,0 cm, gebunden
Best.-Nr. 236 505
Sonderausgabe komplett nur DM 10,–

Cynthia Wright:

Stark wie Dein Herz ist die Liebe
Duell aus Leidenschaft
Die verschlungenen Pfade der Liebe

3 Bände, insgesamt 1232 Seiten,
Format 12,0 x 19,0 cm, gebunden
Best.-Nr. 327 148
Sonderausgabe komplett nur DM 29,80

Jude Deveraux:

Dieses heißersehnte Glück
Die Verführerin
Und am Ende siegt die Liebe

3 Bände, insgesamt 1008 Seiten,
Format 15,7 x 21,6 cm, gebunden
Best.-Nr. 228 114
Sonderausgabe komplett nur DM 10,–

Jude Deveraux:

Geliebter Tyrann
Herz aus Feuer
Lodernde Glut

3 Bände, insgesamt 1120 Seiten,
Format 13,4 x 19,2 cm, gebunden
Best.-Nr. 327 668
Sonderausgabe komplett nur DM 10,–

Heinz Konsalik:

Ein Mann wie ein Erdbeben
Das Haus der verlorenen Herzen
Wie ein Hauch von Zauberblüten

3 Bände, insgesamt 1180 Seiten,
Format 11,5 x 18,0 cm, gebunden
Best.-Nr. 322 230
Sonderausgabe komplett nur DM 29,90

Heirz Konsalik:

Mit Familienanschluß
Liebe läßt alle Blumen blühen
Es blieb nur ein rotes Segel

3 Bände, insgesamt 848 Seiten,
Format 12,0 x 18,0 cm, gebunden
Best.-Nr. 285 189
Sonderausgabe komplett nur DM 29,80

Heinz Konsalik:

Diagnose
Viele Mütter heißen Anita
Privat-Klinik

3 Bände, insgesamt 648 Seiten,
Format 12,5 x 18,7 cm, gebunden
Best.-Nr. 265 173
Sonderausgabe komplett nur DM 24,80

Heinz Konsalik:

Der verkaufte Tod
Wer sich nicht wehrt ...
Airport-Klinik

3 Bände, insgesamt 909 Seiten,
Format 11,5 x 18,0 cm, gebunden
Best.-Nr. 322 883
Sonderausgabe komplett nur DM 24,80

Utta Danella:

Die Jungfrau im Lavendel
Niemandsland
Der blaue Vogel

3 Bände, insgesamt 1324 Seiten,
Format 13,9 x 21,6 cm, gebunden
Best.-Nr. 134 569
Sonderausgabe komplett nur DM 24,80

Mary Sheepshanks:

Sommer der Eisvögel

320 Seiten, Format 13,0 x 22,0 cm,
gebunden mit Schutzumschlag
Best.-Nr. 285 569
Deutsche Erstausgabe nur DM 19,80